U0675313

来自香海的

女人

The Lady
From Shanghai

棉棉 著

作家出版社

棉棉

出生于上海的具有国际声誉的小说作家，作品被翻译出版了十几种语言，代表作《糖》《熊猫》《失踪表演》《来自香海的女人》。

在棉棉的作品中，相同的场景和对话会反复出现，并在不同的叙述之间被引用，她由此渐渐创造出一组进行中的平行世界。

那个被她称之为"香海"的时空，是一个"世界上最像电影的地方"。她笔下的来自香海的女人，象征着一种内心体验的维度，而不是特指某种女性。

除了写作，棉棉还涉足当代艺术、电子舞曲、电影领域，影像作品《短片资本主义》曾被选入2017香港巴塞尔艺术博览会。

献给特殊的游客

第

一

章

1

春天来了，太阳那么好，我想出去晒太阳，喝咖啡，看看行人，可我一大早起来就找人修那台台式电脑。下午参加法国电影周，在门口见到中国导演吕乐和法国导演Leos Carax坐在太阳底下喝咖啡，我也想来一杯，可刚坐下就接到香港电话，说是发过去的稿子打不开，不知是对方电脑有问题还是我的电脑有问题，总之我得立刻回家再次打开电脑。临走时我说：真的，电脑真的比老公还重要。我身边的一位男士厌恶地说：你这么说我就更自信了！因为我可以更加没有责任感了。接着好不容易从电脑旁离开，再坐车回到电影院时，我们发现自己进不去了。我和小伙伴Casper在电影院外坐下喝咖啡，Casper蜷缩在离Leos Carax不远的地方，Leos问她这是怎么了，Casper说生气因为进不去了，最后Leos找人把我们带了进去。我们看的是爱情电影《新桥的恋人》，看得我和Casper筋疲力尽，但是Casper的爱人一直在认真地看。电影结束，我必须强打精神，因为我得带Leos Carax去玩。我的电话不停地响，有一些彼此不认识的朋友同时从北京到上海来，朋友还带了朋友，前后有二十多个人等着我说一个地方去玩。我真的不知道该去哪里，最近很多地方都关了，最后大家来到街上等车去Park97，去热闹一点的地方就可以让我不那么辛苦了。法国导演一直在那里看人，上次和王家卫他们一起也是这样，也许导演都是话不多而善于观察的。最后在凌晨3点的时候我终于在家里吃上了阿姨做的饭，我边吃边想：春天来了，太阳那么好，而我本来只是想出去晒太阳，喝咖啡，看看行人。

2

黎明，上海茂名南路酒吧街，小小的一条单行道，长不足五百米，一名西方男子在某酒吧门口睡着了，洒水车开过，把他洒醒，他站起来，浑身湿透，试图找到出租车。

跳舞俱乐部dkd（颓废杀死沮丧）里还有客人，接近尾声的曲子是《X战警》中的*Sandstorm*，大家边跳边为DJ Calvin Z（朱刚）鼓掌……

一对男女在聊天，一个三十岁左右的香海女孩和一个二十多岁的法国男青年。

我真搞不懂为什么那么多女孩喜欢在室内戴着太阳镜。

你不是在说我吧？

我不是在说你，你不一样，我很高兴看到当男人看着你的时候，你戴着太阳镜。

我戴太阳镜是因为我认为自己不好看。所以我要戴上太阳镜。我不漂亮，没办法那么流行。

如果男人看着你的时候，你认为自己不漂亮，这是不对的。关键并不在于流行、漂亮、地下。关键在于你有那么多太阳镜，你有那么多牌子和感觉。所以，我再说一遍，我很高兴看到，当男人看着你的时候，你戴着太阳镜。

两个二十多岁的男孩在认真讨论一件事。

困难的部分是，我们需要有能力的人的帮助。

但他们中的大多数人从不分享，这是最令人沮丧的部分。

我们应该为他们开趴体！

几个女孩正在和拍电影的美国人Eric用英语交谈。

我们不想去嘻哈夜店，"嘻哈"只会让女孩变得性感，让男人变得没礼貌，我不喜欢去。

如果你星期四跟我去一次Pegasus，你就会改变主意。

Eric有时会在周日的晚上到我家来，拿着他做好的意大利面，然后和我一起看DVD。

一个很大声带有很重英国口音的男人的声音从更暗的地方传来,我们可以叫他大卫。

大卫:小心你说话时的用词,别说你疯了,我们都不是疯了的人,我们是真实的人。马路上有很多疯了的人,但我们不是,我们不疯。我有理由相信,如果我们真的渴望,我们可以做任何一件想做的事情。我们只会得到我们想得到的,如果你明白我的意思,你需要慢慢地再次重复我所说的这句话。(他最后一句说得非常慢。)

可以设想,本世纪初,一名西方男子在上海茂名南路陷入一种类似死后和重生的中间过渡阶段,一种既不在这里也不在那里的中间阶段,一条不足五百米长的单行小街成为这一宇宙转变的容器,这名男子在一家酒吧前陷入沉睡,清晨路过的洒水车就像惊涛骇浪,寻找出租车的过程就像穿越来世迷宫般道路的象征性旅程。

跳舞俱乐部dkd是那种没有窗的灰色系设计,一楼吧台有一个狭窄的楼梯通往只能容下一人跳舞的舞池,随着上个世纪的落幕和新世纪的展开,太阳镜开始在上海的夜店流行……

dkd的清洁工开始扫地,她在垃圾里捡起一部手机,还捡起了一些袋子。

她把今晚捡到的东西仔细地排放在吧台上。

刚才那对讨论太阳镜的男女，那位香海女孩的声音再次传来。

女：……我们总是会误以为，我们应该赚多一些钱，让一切完美，并且可以帮到更多的人，其实这是不可能的！我们把百分之多少物欲系统的概念混入了我们的纯洁，我们的纯洁就会有百分之多少的比例被搞乱。这样的项目，即便你想的是可以帮到更多的人，但是明天那样的一种物欲系统的愚蠢会给我们带来麻烦，所以请你不要扭曲你的纯洁……

又有一位英国人，他年轻，好看而好奇，此时他跳着舞来到清洁工身旁，他边看边笑边继续跳着舞，我们可以暂时叫他威尔……

舞池里的人很少，但是看上去是一个特别好的后趴体时刻。
dkd的老板，Julian和Cathy都在跳舞。

早晨，街上的人们看起来都很正常。
我们看见酒醉的大卫紧张地走在日常的上海人中，他刚刚做成的并购合同与周围平凡的生活形成对比，这是他脆弱的时刻（尽管他觉得上海是那么安全），也只有在这种时刻，我们才会觉得他是有点动人的。

英国青年大卫和威尔的家。他们住在湖南路的一栋老房子里。
大卫有三只狗、两只猫和一些乌龟。他是一个做生意的"天才"，
但他似乎不喜欢与人太亲近，也不善于表达自己的情感。大卫喜欢
小动物，他让威尔租下他家的一个房间，部分原因是当他出差时，
威尔可以帮忙照顾动物。还有一部分原因是，威尔可以给他带来一
点"酷"的色彩，在上海这是很有必要的。威尔想成为一名作家，
大卫总是把他介绍为作家。

威尔来自英国的老牌家庭，他被过去的传说中的上海所吸引。
大卫是做金融的，他喜欢此时的上海。
他们当时都接近三十岁。
故事的背景类似世纪之交。
冒险精神正在上升。

大卫刚刚醒来。他走出卧室，在院子里见到了威尔。
他们一起抽了一会儿烟。
他们谈论昨晚乔治男孩（Boy George）在上海嘉年华的演出被取
消的事情。

那个波兰人是谁？他为什么会做这个音乐会？

他和安德鲁（Andrew Bull）一起工作。他以前在钢铁行业工作。然后有人带来了乔治男孩……

这家伙是谁？

他赚了很多钱，运输钢铁，进口，出口钢铁……

他为什么要参与这件事？

因为他想成为一个大牌制作人，娱乐制作人。但他对这个行业一无所知。所以他和安德鲁一起，他们要做这个大的，你知道，这个大的事情，这是他第一次做……

你有没有去过dkd对面的那个酒吧？曼哈顿？我昨天晚上去了那里。你还记得那个叫雪（Snow）的女孩吗？有一天晚上她在那里喝了三十个B52。

接下来他们还聊了一些关于圣诞树、红钻石、黄钻石的话题，之后大卫回到了他的卧室。

大卫的卧室。一对情人在一起。客厅里传来 Miles Davis 的 *Blue in Green*，此时为什么上海是特别的，是因为你可以在这里找到任何你想要的时代，你不需要很特别，也不需要知道谁是 Miles Davis，但你可能无限细微地感觉驰骋在一部好莱坞黑色电影里，冒险的夜晚的能量，人们戴着粉红镜片的太阳镜，就好像是和一个美妙的人第一次约会，你贡献了自己最好的部分。

3

前几日我跟我女儿Prudence聊天，她说：生活是那么地深，应该有一些容易阅读的。"容易阅读"是我们当时在说的话题，她说"生活是那么地 深"倒是让我惊了一下，她真的长大了！

平时我们讨论的话题通常都很具体。最近，随着她到了法定的可以喝酒的年龄，我会提醒说：不要混着喝，如果突然感觉喝醉了就找一杯热水，然后给我打电话。要跟关系好的朋友去跳舞俱乐部，关系一般的不要同行，晚上出去玩最好有一个男性朋友。

我们有时也会讨论一点点私人生活，不会谈得很深，但很清晰，不会模糊。比如她会说：喜欢我的人挺多的，可能我是一个对大家都挺好的人，但是我没有特别喜欢什么人。

对于王海甜来说，如何正确地控制好自己始终是至关重要的。总的来说，她不需要反抗什么，也不需要不放过任何一种她可以抓到的自由。

"容易阅读的文字"有点类似于那种"容易吃的食物"，我刚才下楼去厨房，边啃着村口面包房 Forno Orsini 的小饼干，边想这饼干应该叫"作家的小饼干"或者"作家的小想法"。这是一种又硬又厚又脆，圆形的、中间镂空、不含牛奶的小饼干。用传统谷物面粉和初榨橄榄油制作，有各种口味，我挑的是有酒、盐、茴香的。它非常简单，给人一种可靠的感觉。

2018年，我在离罗马不远的一座中世纪小村托拉古堡（Castel di Tora）安了家，虽然最初还是一直返回上海的，但在上海我已不再有自己固定的住处。有时在上海夜晚的高架桥上，看着车窗外，我突然反应过来，现在的我就是我一直说的那种最理想的读者了 —— 那种特殊的游客。

住在离罗马很近的村庄（那里并没有农田）让我可以休息，起初我以为从那里出发去城市很容易，就算回上海也没有那么难，我没有想到对于一个不会开车不懂乘坐公共交通甚至不会看地图的香海女人来说，住在那里是有难度的，当然更没想到会有疫情到来。

在上海已不再有自己的家，是一个很大的决定。以前我经常说我就像上海的鬼，所有人都搬走了我也不会搬走。在上海"最后的岁月"里，我短暂地住过各种地方，淮海大楼是其中比较特别的，它建于1934年，曾经叫Empire Mansions、恩派亚大楼、帝国大厦，据说当初这栋雄伟的建筑就像是飞在霞飞路上的海鸥。走在那条连着三个单元的有弯道的走廊上，我常常会有一种没有尽头的感觉。住在这样的公寓里最意味深长的部分其实是邻居，有一天晚上一对穿着睡衣的夫妻来敲我家门，他们说我家太吵了，这是耸人听闻的，因为那时我早已过上了孤僻的生活。我住的这一套公寓是时装设计师廖晓玲的，我搬走后，有一次她去这对穿着睡衣来敲门的邻居家解决纠纷，晓玲发现这家人家墙上糊满了旧报纸……我想说的是，住在淮海大楼或者武康大楼这样的地方，会更容易感觉到上海是一个多种现实高度并列的地方。比如，有一次我妈来看我，我们想去楼下淮海路上的一家咖啡馆喝High Tea，突然发现正对着那家咖啡馆的楼上有人晒着一团已经成棕色的几乎完全碎了的棉花胎……

住在淮海大楼那段时间上海总是下雨，香海女孩刘星说那雨下得就像是有人找不到了自己的前任。我记得那些湿漉漉的夜晚，透过老上海阳台的窗可以看见远处闪着霓虹的"MAYA"。那些日子我被一个在网上认识的人类深深地困扰着，我总是在午夜以后戴着耳机穿梭与迷失在长长的走道上，然后乘坐老式电梯来到楼的背部倒垃圾，倒完垃圾我会去街上的超市转一下，超市外总有一些从夜

店里出来的孩子们，可能是从MAYA出来的……而我记忆中的
MAYA是一家本世纪初的夜店，在MAYA之前，还有一家聚集
本地年轻人的夜店叫"真爱"，这些都像是上一世纪的事情了，在
2017年的雨中怎么会有一家闪着红色霓虹的MAYA呢？

第
二
章

对上海的大趴体真的已经不再抱希望了。周末在热带风暴人造沙滩上有个锐舞趴体，想好了不去的，因为最近跟北京的朋友们天天在一起趴体，周末想待在家里滴酒不沾。但是电话不断打来，听上去全上海有意思的人都去了，我想我不能错过。到了那里发现很多人都是"来看看的"，上海寂寞了太久，今年所有的俱乐部必须在2点关门，所以有点不好玩了。在这个看不见海的城市，大家都憋坏了，在人造沙滩上狠狠地玩，所有的人起飞了，很久不见的玩客都出来了，大家欢聚在一起说着醉了的话，话题却都是关于我们所爱的这座城市的，城市太寂寞了，人就会变得深沉，酒吧的生意越来越难做，因为好玩的人都不出来了，新的好玩的人还没冒出来，我们对玩的要求越来越高了。而我也变了，如果是以前我一定会在人群里找找有什么漂亮男人，现在我不会了，现在去趴体就是去跳舞聊天把时间花掉，一直到早上我都不愿走，最后一支曲子放完了，我坐在门口的地上，吹着风，看着天空，又一次觉得生活可以很简单。后来去了闺蜜蔡黎洁家，继续趴体到下午，又看了一遍《海滩》，这部电影适合昏头昏脑的时候看。起床时已是晚上，去老坛贵州菜吃饭，老板是朋友，我们度过一个疯狂的晚上后都会来他这里降落，吃贵州菜，跟老板聊天，这是很舒服的星期天的晚上。我说：我要在四十五岁时盖一个精神疗养院，你来吗？老板说：如果音响好我就来。一个从来不在乎音乐和音响的人，说到去住精神疗养院就先问起音响来了！后来上海突然下大雨了，大得可怕的雨，整个城市都在水里，我喜欢雨天的上海，很幽雅。我们在Monami吃热巧克力蛋糕，顺便等来采访我的记者，这记者也很晕，约我晚上十二点见面。记者到了之后就被老谭弄晕了，一直在喝伏特加。后来大家决定去我家听我放唱片，车进水了，开不了了，北京朋友安宾一路停一路等一路开，慢慢看水中的上海，上海很安静了。最后终于开到了我家，大家听我放音乐，到了早上6点来了两个完全晕了的小朋友（我的家经常会有在外面玩晕了的人，我们用音乐和友谊帮助他们回到现实），记者也在我家玩了一个晚上，也没采访，本来我是不想玩的，可是到早上了家里还是一大堆人，并且还不断有人来。

2

凌晨，英国青年威尔来到金茂的6714房间，这是一间有两面玻璃墙的房间。

大家围绕着刚刚演出结束的DJ在那里聊天，有几位年轻人对着薄雾中的高空在跳舞，此时的音乐是柔和而缓慢的，那些没有言语的表情、细节和场景，就像在此时全都跳入了醒着的生活之中。

红刚才躲在没有水的浴缸里打电话，现在她跟威尔谈起了文学。

红这个角色可以是作家，也可以是演员。她似乎人脉很广，处于中心，感觉敏锐，此时她已看到一切都越来越商业，但对于影响整个世界命运的暗流一无所知。她和英国青年威尔探讨了艺术、人际关系，以及在市区中心人类情感的复杂性，这是处于极致变化的环境中的年轻人之间的谈话，而不是脸谱化的，不是在西方看东方的角度，也不是在东方看西方的角度……

威尔：你描写了一个朦胧与暧昧的城市的深夜。真正使我屏住呼吸的，不是那些出现在你笔下的人物所带来的细枝末节，而是城市本身，是它在狗与狼之间不断转换的疲惫又滑稽的脸谱。

红：我也很想去你们国家住住，我想看看当你们在热爱艺术的时候，是怎么生活的……

红：我跟上一个男朋友在一起的时候……其实不是男朋友，他从来没有承认过我，有一天晚上我们在他的酒店房间，我按下了录音机，但我几乎什么都没录到，我就录到了那晚的电视节目，我还录到了他跟我说实在受不了跟我待在一个房间里。但如果不是我当时录下来了，我根本不会记得有这样一个夜晚。我记得他的嗓音非常特别，我记得有一次他说他爱我，他说他真的很努力，我不知道那是什么意思……这里就像是一家免税商店，说爱你，是不需要上税的。

威尔：我不觉得是这样的。有时候，我会非常害怕。

红：你感觉危险的时候，可以打电话给我。

威尔：不是身体的危险，不是那种的危险。但是就是害怕。你看过《放大》那部电影吗？就是那部电影的那种感觉。

这里有一种融合或交织的感觉。在这里，句子是不规则的，断开的，比如"我和你喝一杯"，会变成"我喝你"；"让我认识你"，实际上说的是"让我帮助你认识你自己"；一个同样的词有时是形容词，有时是名词，有时是动词。

3

疫情暴发前夕，我离开意大利托拉古堡的家，去了比利时和荷兰的
边境泽兰地区，本来是计划在那里写一个故事的。2020年中国新
年的时候，时装设计师李阳开着他的黑色改装版BMWe61m5复古
跑车，从伦敦一路开到我住的地方，我是拿着手电筒顺着他汽车的
轰鸣声找到他的。我当时住在一座养着一些马的庄园里，比利时和
荷兰边境的天气有着那种欧洲冬天特有的阴郁和潮湿，绿色的雾总
是笼罩着我们，偶尔会有强烈的早上的阳光，以及火红的夕阳悬挂
在低空中。

庄园主人安排李阳住在庄园另一头的马房楼上，我们在厨房见面
时，总是不停地换杯子、盘子和各种纯银餐具，庄园主人喝完一杯
茶就把杯子放进洗碗柜，哪怕是很快要喝另一杯。在我和李阳都被
各种银餐具搞晕的时候，他突然看着我说：你真的很像野生动物，

有病的。那以后他开始叫我Paranoid Chill（神经过敏放松）。他说这些的时候我对着厨房窗外那一排排修剪成圆球状的植物，庄园主人当时也在，他们都让我紧张。

有一天中午我们开着车来到城里，十分钟我们就从荷兰来到了比利时，过国境的时候，导航里会有一个声音提醒：欢迎你来到比利时！

克诺克海边的中餐馆没有开门，我们走进一家光线明亮的海边餐厅，就像走进了那种19世纪末至20世纪二三十年代的欧洲水彩画，那些水彩画的主题大多有关时髦女士、海港景色、蔬菜、花卉、舞会沙龙 …… 这里好像到处都在反光，我们在餐厅外的玻璃房，当地人说是veranda，阳台的意思，这是在一楼，中文里肯定有一个专门的词，这里坐满了吃午饭的爷爷奶奶们，李阳拖椅子的声音听着特别刺耳，他坐下后拿起餐巾纸大声地擤鼻子，我边做着手势边说：注意点！我们邻桌的先生看着我笑了笑，是不是很多人看着我们？尤其看着李阳那张被长发遮得乱七八糟的漂亮的类似蒙古人的脸？哦我的天！点菜时他居然非常有礼貌地说起了荷兰语 …… 坐在我左侧桌子的是一位单独用餐的女士，李阳悄悄地告诉我说她的帽子是一种几十年前就已被禁止使用的动物皮，然后他又说她的衣服是什么什么动物的皮 ……

　　　　　　来自香海的女人 | The Lady from Shanghai

此时我说这些其实是因为，我感兴趣的是我和李阳走进餐厅的那一刻，看上去我们是两个从各自的灾难中刚刚活过来的人，缓慢而茫然，带着各自的应激表情，这一刻的我们被我放大和拉长，我想说的是很多人其实在疫情暴发前就提早经历了灾难和崩溃。

李阳走进餐厅时也穿着羽绒服，黑色的，他自己的牌子Yang Li，他还穿着他自己的牌子的黑色羊绒毛衣，质量很好的那种。有时他会观察我的衣着，他说我穿的都是那种不贵但尽量显得贵的衣服，他的原话不是这样的，但我是这样理解的。他原话大致是说：你精心挑选了那种不贵但可以让你找到糖爸爸的衣服。他是国外长大的北京人，他的中文不太好。

克诺克海边有一家赌场，克诺克赌场是一座建于1929年的建筑，玛格丽特为这家赌场创作了一张巨幅的三百六十度的壁画，包括八块名为《魔法域》的画。我曾在冬天赌场装修的时候去过一次，是克诺克海边Berko画廊的Vivian Berko带我去的，她儿子马西明（外办给他取的名字）是我的好朋友，当时他还住在上海，Berko家曾在上海外滩18号开过画廊。

第一次去克诺克赌场时，我被德尔沃的《传奇之旅》震撼到了，这是一幅4.4米×13米的超现实室外全景图，山洞、茂密的森林、裸体或着装的女孩、小站中被细致描绘的火车和铁轨、灯光和电线杆、月亮，还有邮箱，我还见识了铺着红毯的赌场的上方重达六吨的威尼斯水晶吊灯 …… 后来给我开健康证明的Knokke的医生Paul Geerinckx告诉我，小时候，一个夏日平常的下午，他曾在赌场观看过一场裸体拳击比赛，当时还有现场乐队。他说的这一情节让我想起Miles Davis的 *Blue in Green* ……

我和李阳花很多时间在车上，我们的车穿越在荷兰和比利时之间，他汽车的巨大的轰鸣声让我们很有存在感，开车时他的蒙古脸表情十分专注，渐渐地我们开始编故事：男主人公一直在向身边的女主人公表演开车，有时他还让她下车来拍他开车，有时他们接电话和打电话，听上去在处理各种令人不安的事情，他们有着华丽的才华，但从未想过无常，此时的一切都过于残酷 ……

天色黑下来的时候李阳会听网络电台，他有一个一直在追的节目，渐渐地，我们发现疫情暴发了 ……

回到伦敦以后，李阳告诉我他每天都要听着新闻节目入睡。我不太理解怎么能听着新闻节目入睡呢，也许是为了明白那是一种什么感觉，后来我也开始听着电台入睡。随着疫情的不断升级，我被困在安特卫普的一套公寓里，那套公寓的阳台看着有点像上海四平路我住过的公寓，每晚听着网络电台入睡，我在各种谈话节目中回顾自己的一生，就像一艘小船漂在海上。

第

三

章

1

每次我在上海开趴体，只要是个大趴体，几乎一定是个雨天。我要是在上海的夜晚爱上了什么人，那个晚上，也一定会是个雨天。我的爱情从未在雨天真正地发生，而我却总是在雨天爱上那些飘浮的能量。当雨天结束，我却还在发呆：我只是想爱你，而你已经不见了，这里却依然又冷又湿。春节以后上海就一直在下雨。这雨下得所有的人都越来越沮丧。雨天在上海，午夜以后可以去棉花俱乐部听赵可。这个周末雨依然在下，上海的周末，如果是个雨天，那么一定会是个狂欢的周末。雨在上海的周末，不是雨，是烟花。上海就这么奇怪，一到雨天，好像寂寞的人都出来了，到处都是趴体的场面，到处都是酒醉的人们，仿佛明天再也不会到来。这个星期五，一部分逛夜店的人们以英国乐队Morcheeba的音乐会为开始，大家都提前出门冒雨前往浦东看演出。那天我黄昏起床，突然心情不好，决定不出门。Morcheeba的后趴体在Club La Belle。午夜以后所有的朋友都去了浦东的Club Visual。周末即使不去逛夜店，我也可以知道所有外面发生的事情，不停地有人给我打电话，问我在哪里，要跟我碰头。

第二天醒来我开始准备我的趴体。雨一直在下着。我想昨天晚上肯定有很多人喝醉了，今天肯定都还在睡觉，这么大的雨，还是叫一些昨晚没有去逛夜店的人来吧！有一刻我站在阳台上，看着雨中的浦东和东方明珠透着另一种美丽。客人们准时冒雨到来，看到小小的爵士歌手Ginger我特别高兴，她是第一次来我家（东大名路）这边，很难想象她那饱经风霜的嗓音是出自这么小巧玲珑的身体的。晚饭在邻居庄杰的餐厅，东大名路上的大碗鱼餐厅，刚一进餐厅就碰见一个疯疯癫癫的法国人，他说他找我找了两年（后来我发现他在自己的书里乱写我，其实几乎所有的老外都是乱写我），晚饭后我们去了复兴路上的Fushion，这家夜店刚刚开张不到一个月，据说上海在今年下半年还会有几家这样大型的夜店开张，上海就是这样，整天有人到这里来开店，所有的新店，只要六个月之内生意搞不好，那么就永远死掉了。上海美丽而残酷，因为上海如此年轻。在上海，你需要比幸运更多的幸运。Fushion的经理是加拿大DJ Teng Boon。他放的音乐很情绪化，我喜欢。这里有仓库和白色的室内，是我喜欢的风格，今晚这里的趴体是Max Graham/ *Canada's Trance ambassador to the world*。

但是我必须赶到Park97，因为今晚在那里演出的是我法国出版商的儿子本杰明（Diamond Traxx：Benjami）。上海就是这样，到处都是趴体，而且趴体和趴体之间的地点都离得非常近，我特别喜欢这点，不像在伦敦或者东京。Park97挤满了人，我在三天前订位子时就已经订不到了，后来还是Tony Zhang（老板之一）给我留了一张很小的桌子出来。音乐太大声，我的牙还在痛，但是我一直在跳舞。中国最年轻的作家周洁茹也在。住在北京的诗人米诺也在。金茂凯悦的刘婉容（Tina Liu）跟在我家趴体时完全不一样，此时她站在Park97最高的地方跳舞。本杰明跳到音箱上唱歌，他的音乐很复古，到处都是欢乐的人们，我看见King Crab餐厅的老板桥本，他问我：他们为什么那么高兴？我说：我也不知道！我说过，上海的周末，如果是雨天，那么一定到处都是趴体，没有人知道这是为什么。连从不出来玩的香格纳画廊的老板Lorenz Helbling（何浦林）也带着太太出来了，还有上海艺术家周铁海，跟他们一起的是几个骆驼香烟公司的人。周铁海以画孤独的骆驼闻名世界，可能这是他们会在一起的原因。那几个骆驼香烟公司的人一直在谈论上海有多么不可思议，他们几个人从不同的国家飞到这里过周末。我听不清楚这几位外国朋友如何分析他们心中的上海，从六年前开始，就不停地有外国朋友跟我分析什么是上海。而我回答他们：上海是女性化的，上海是小说，上海是个舞台，这个舞台经常让你感觉是空的，不像东京那么挤，在这里你可以是一个演员，你可以上去表演，如果你足够幸运，很快你会以为它属于你。

Park97的趴体一直到早上5点才结束。后来我带着这些今晚在Park97表演的DJ们去了茂名路上的Buddha Bar（就是原来的dkd），其实Buddha Bar才是我最热爱的地方，那里就像是我的家。Buddha Bar之后，我又带着这些法国人去了青海路上的Mazzo。2000年香海DJ钮扣开Mazzo这家跳舞俱乐部时才二十二岁，她是很出色的Drum & Bass DJ。更早一些的时候，在90年代末的某一天，她很有仪式感地给我打过一个电话，在电话里她说她把茂名路上dkd的音响打穿了，她决定从此只放Drum & Bass。后来她去了一次阿姆斯特丹，回来就在青海路开了Mazzo。Mazzo是我在上海见过的唯一一家有人坐在店门口挑人的夜店，有一次我的台湾朋友带着几个朋友被拦在了外面，原因是他们跳舞的时候摇头，后来我这个朋友生气地给我打电话说：人家摇头你们摇屁股，人家只是比你们早一点进入地狱而已有什么问题？

Mazzo是上海唯一一家在早上9点以后还开着的跳舞俱乐部，所有狂欢的人们最后都会从不同的地方来到这里。从Mazzo出来，我们准备去下一个地点，长乐路避风塘吃早饭。在路口等车的时候我跟本杰明说：无数个早晨，我带着来上海演出的外国DJ在这里等车，无数个这样下着雨的早晨，我们精疲力竭地在这里等车回家，并且提醒自己千万不要把放在后备厢的唱片给丢了。

在去吃早饭之前，我叫司机把车开过延安路高架那个我最喜欢的拐角，车像是要冲进了黄浦江，我指着车窗的左边雄伟的旧上海建筑说：这是历史！然后我指着雾蒙蒙的金茂和东方明珠说：这是未来！本杰明说：这真的不像是在地球上。

2

在外滩3号的Jean George餐厅。

在深棕色及棕褐琥珀色丝绒般的柔和中，在桌子跟桌子之间，谁都看得到谁，目光却很难撞到一起。

红喜欢Jean George的设计，穿过那条黑暗的小走廊，她喜欢听自己的高跟鞋在木地板上缓慢地踩出一串长长的细腻的脚步声，然后突然停在一片爱恨情仇灯火通明的超现实景象前。

我们的男主人公已经到了，他的亚洲男人的身材显得健康而年轻，乌黑的头发有些卷，皮肤白得有些神秘，五官很立体，他穿着紧身西服，甚至戴着全黑的太阳镜，那种眼镜让他看上去像是一名高级保镖，或者是在一部上世纪的新浪潮电影里，有点夸张，我们可以叫他演员。

可以设想演员昨晚去了一家香海灵魂的郊区的夜总会，那是一家综合了卡拉OK和当代艺术的夜总会，艺术的本质似乎是为了让我们觉悟生活比艺术更像艺术，演员在那里认识了一位夜晚的工作者，当时她正在唱一首歌《如果我在醒来前死去》——

如果我在醒来前死去，
请让我在梦中回到斯瓦杨布。

她的歌声在夜总会的走廊回荡，混搭着包房里传来的各种走调演唱，以及包房与包房之间的陈列的艺术品，演员被这一刻的真诚所打动，并且在她表演结束后走近了她。

如果我在醒来前死去，
请让我在梦中回到斯瓦杨布。

那里曾有我独自一人的日日夜夜，
落魄流浪的心，
无人问津的鲜花，
和从未寄出的信，
泪水浸透的纸，
每一页都写满了你。

围绕着这首转瞬即逝的小夜曲所建立的联系，超越了他们相遇的交易性质。男主角决定提出一个不同寻常的提议。他们一起离开夜总会，来到了正在被规划的空旷的灵魂的郊区街道上。当他们进入演员的私人住所时，空气中弥漫着难以描述的情绪。在这里，他们度过了一个打破常规的夜晚。

他们找到了一种"非物质"（类似"非物质文化"中的"非物质"）的联系，在那里他们在一起，那里没有匆忙的姿态，没有对典型邂逅的期待，他们甚至谈论起那些曾经定义整个青春的分手时刻，分析和解构他们的逻辑……黎明将至，他们共度的夜晚所投下的阴影，对演员在复杂的人际关系中游刃有余地完成自己的使命，将起到微妙的作用。

如果我在醒来前死去，
请让我在梦中回到斯瓦杨布。

她的歌声在夜总会的走廊回荡，混搭着包房里传来的各种走调演唱，以及包房与包房之间的陈列的艺术品，演员被这一刻的真诚所打动，并且在她表演结束后走近了她。

围绕着这首转瞬即逝的小夜曲所建立的联系，细节是清楚而开放的，他们获得了从身体到情绪的整体的完美的感受，这感受如此清澈，他们反复地恋爱和分手，她提醒他，如果他还想见她，他还是要买她的。

如果我在醒来前死去，

请让我在梦中回到斯瓦杨布。

那里曾有我独自一人的日日夜夜，

落魄流浪的心，

无人问津的鲜花，

和从未寄出的信，

泪水浸透的纸，

每一页都写满了你。

如果我在醒来前死去，

请让我在梦中回到斯瓦杨布。

那里曾有我走过的路，

每一步都走向你。

他亲吻她，就像他是她多年的男友。

对她来说，他吻得太自然，他的呼吸过于温暖，融化了一切可能性。

这以后她不再记得其他男人的吻了。

他吻她的时候，她故意问他：你叫什么名字？

他安静地说了自己的名字。

黎明将至，他们共度的夜晚所投下的阴影，对演员在复杂的人际关系中游刃有余地完成自己的使命，将起到微妙的作用。

如果我在醒来前死去，

请让我在梦中回到斯瓦杨布。

那里曾有我独自一人的日日夜夜，

落魄流浪的心，

无人问津的鲜花，

和从未寄出的信，

泪水浸透的纸，

每一页都写满了你。

如果我在醒来前死去，

请让我在梦中回到斯瓦杨布。

那里曾有我走过的路，

每一步都走向你。

那里曾有我睁眼就能看见的美，

每一次眨眼都看到你。

我将你放在心的中心，

每一次心跳都为了你。

如果我在醒来前死去，

请在耳边呼唤我，

那是我唯一记得的声音。

——郑雅文《如果我在醒来前死去》

红：我终于看了你的电影！

红：那女孩总是在等电话。我还记得第一次看这一幕时的情景。她看着镜子里的自己，我感受到了那种感觉。我fucking感觉到了！这完美地再现了我们在最困难的关系里不得不面对的情况。非常戏剧化、不健康、非常激烈、绝望、法克特阿婆，但也非常真实和诚实。

红：她似乎在告诉我们，爱是无处可逃的。我们必须经历各种关系，才能变得纯洁和安全，我们不应该逃避生活，我们应该经历生活……

演员看着红，他的眼睛亮了起来，温暖而干净。

演员：其实，我们所要做的努力，就是要让光时刻都照着对方，不管对方在哪里，一直都在一起，只有好的感觉。

红：可是，人体验人是最好的学习……

演员：在我的心里有一个你的地方，我们一直在那里，我们因纯净
和快乐而链接……

红猫一样的眼睛看着演员。

红：有时我会突然对你产生完整的、令人绝望的怀疑。我的意思
是，其实我们并不了解彼此。你也没有时间来了解我。你只是非常
善良。而我其实也不爱你，因为我并不知道你是谁。
演员：我们在一起，做了那么多开心的事情，不要问自己是谁。

红：我想，我有点不想要你这个朋友了。
演员：香海女孩！你的爱很商业，因为"觉得不好就会换一个"。

演员把红的手放在自己的脸颊上。

演员：迈阿密巴塞尔没有让你开心点吗？
红：你知道上海缺什么？上海就缺大海。我需要经常在沙滩边坐
坐，有蓝色的天空，好朋友坐在身边看书，我在那里晒太阳，发
呆，什么也不想。休息，我需要休息。

欢迎来到香海，香海是高度概念化的，就像"我"是高度概念化的。
来自香海的女人，尽管有着炽热的情感和情绪，但她们是非物质的。

3

记忆剪贴簿翻到90年代，夏天的夜晚，上海花园饭店的露台，我们的朋友包一峰和Mike Bruhn正在介绍维达·沙宣和他的太太给我们认识。Mike Bruhn是我认识得最早的外国人居住在上海的艺术专家。那时我和包一峰都才二十多岁，我刚刚重新开始写作，包一峰从90年代就开始收藏艺术品，他是ART021艺术博览会的创始人。那天晚上很闷热，在没有空调的露台上，沙宣太太穿着一件裘皮短大衣。那时艺术家、模特、音乐家等时髦人物总是同时出现，有趣的脸比较重要。

英国电影Code 46中的克隆人玛丽亚曾向调查员威廉展示了她的"记忆剪贴簿"，那是一种电子手册，记录了用户的思想视频，视频中包含了有关她父母和朋友的回忆，她觉得他们很美丽，而且看起来与"日常的"人们有所不同……

Code 46 是 2002 年在上海拍摄的，英国导演 Michael Winterbottom
一直强调，本片虽是科幻片但片中的爱情是一个普通的爱情故事，
就是你碰到了一个人，你爱上了对方，你有一些特别的感觉。影片
的内景在伦敦拍摄，外景在上海、迪拜和印度的拉贾斯坦邦拍摄，
之所以选择这些城市作为外景地，是因为导演认为当这些城市中的
元素并置时，提供了令人信服的未来环境。

Code 46 的故事说的是在不久的将来，世界将被分为居住在高密度
城市"内部"的人们，和居住在"外部"的贫穷的下层阶级。进入
城市将受到严格限制，人们必须使用健康文件。导演说最初他设想
的这个故事与"人们没有健康文件，试图从一个地方到另一个地方
旅行，从而造成问题"有关。

在 *Code 46* 之后，我和导演曾试着合写一个发生在上海的故事。
Michael 用亨利·米勒的《克利希的宁静岁月》开篇部分作为灵感，
并试着把"巴黎"改成了"上海"：我写作的时候，夜幕降临，人
们要去吃饭了。这是一个灰色的日子，就像人们在上海经常看到的
那样。上海懒洋洋的，淡漠的，有点寒酸和邋遢的样子，与其说是
魅力，不如说是诱人；不是闪烁，而是散发着熊熊燃烧的火焰。

我们的故事设定在 2002 年的上海，那一年导演在上海拍 *Code 46*。
他说过在任何地方拍电影他感兴趣的总是当地个人之间的关系、个

人与社会、个人与家庭、女朋友或男朋友之间的关系。

决定 *Code 46* 的"未来世界"是怎样的取决于影片的拍摄地点，上海是影片拍摄的主要城市，将迪拜的沙漠环绕在上海外围，将实际上不在一起的元素并置，是这部影片的主要特点。导演让演员出现在不同的国家和城市的真实场景中，这些拍摄被拼贴在一起构成了 *Code 46* 的世界，并为这个 *Code 46* 的世界带来了文化。这是一件奇妙的事情，仅仅通过对现有地貌进行精心编辑，电影就可以达到科幻的感觉。我要说的是，那些年的上海其实也会给人这样一种奇妙的感觉！

我见过你们人类绝对无法置信的事物，

我目睹了战船在猎户星座的端沿起火燃烧，

我看着 C 射线在唐怀瑟之门附近的黑暗中闪耀，

所有这些时刻，终将随时间消逝，

就像雨中的眼泪。

——《银翼杀手》

二十年前，住在上海的西方朋友向我介绍 *Code 46* 时会说到《银翼杀手》，当时我对这一类主题不是很感兴趣，我并不知道上海从景观上看很像《银翼杀手》。此时 2020 年的圣诞节刚刚过去，我在罗马附近的中世纪村庄，Michael Winterbottom 说他们在英国的乡下躲避疫情，我们刚刚彼此问候过。

第

四

章

1

前几天刚学会用手机发短信，我的手机不能保存很多短信，现在我手机里有这样几条："什么也没做，睡觉时已经天亮了。""不过我觉得很好，大家都小心，慢慢来，一切天注定，最主要是他快乐，因为他太不快乐了，我很心疼。""润唇膏找到了，放在你洗手间了。""我正在想你，你的消息就来了。""已经出现摇头党。""你松江的钥匙给了谁？""小心点，小偷多，祝开心。"

我真的喜欢这些手机短信，它们就像一串串生活的小珍珠，无论我走到哪里都可以收到这些来自朋友的聊天。聊天是非常有意思的一件事情，在法国，到处都有咖啡馆，到处都是聊着天的人们，他们大多都是看着对方的眼睛，下巴有点往上翘着。碰到喜欢的人，我就喜欢跟他们聊天，什么都聊，用自己的心跟对方分享，或者跟对方商量一些彼此都感兴趣的事情。聊天是生活中最重要的一件事情。我们都要找人聊天，这样才会身体健康。我总是接到朋友的聊天电话，朋友寂寞或者沮丧的时候都会想到我，前天半夜接到一个并不太熟的朋友的电话，他说他郁闷，不开心。我问他睡眠怎么样，他说非常不好，做的梦都记得清清楚楚。他想来我家跟我聊天。我拒绝了他，因为我在跟另一个朋友聊天，我们的聊天是工作，我在工作，所以我拒绝了他。我有点难过我拒绝了他。因为我真的没有那么多时间跟不同的人聊天，我不是心理医生，我有其他的工作要做。所以，如果生活里多一些愿意跟人聊天的人该多好！这样我就不会那么辛苦了。上海人不像北方人那么开朗，那么容易接近和被接近，所以有那么多人心理有问题，他们需要说话。我知道这点，因为有很多这样的电话。其实好像所有的朋友都有这样的问题。还有一些，已经放弃跟人说话，只想一个人待着做一些无聊的事情打发时间，保持平静。这不好，我们应该聊天，因为聊天真的很美好。

2

安福路。

香海男孩包的趴体。

包的趴体呈现了全球化在上海的风景，但始终也是个人化的，温暖的。

红一直在拍照，她刚刚从一场葬礼回来。

红给包看她刚拍的照片，此时数码相机刚刚开始出现。

一个穿着黄色小礼服、被称为赞助人的瘦高个女孩若隐若现，她经常赞助艺术活动，她与红分享了一个转瞬即逝的瞬间，既熟悉又遥远。

艺术赞助人：我刚去过迈阿密，所以皮肤晒成这颜色。你知道上海缺什么？上海就缺大海。我需要经常在沙滩边坐坐，有蓝色的天空，好朋友坐在身边看书，我在那里晒太阳，发呆，什么也不想。

休息，我需要休息。

在另一个房间。

一男一女坐在那里。落地窗外有黑暗的花园。

演员与一位穿着绿裙子的女孩坐在一起。

他们面对着一台小电视机。

穿着绿裙子的女孩看着电视，眼神脆弱而又温柔。

演员坐在她身边，有些时刻，像是风吹进了他眼睛，那双眼睛亮得

像有泪光。

在光明与黑暗之间，他的脸与身体，符合一些人对梦想的要求。

他承认，表演对他来说是一种享受。

演电影时，他总是试图不动声色地带给大家一种印象：他就是那个

角色本身。

在这里，我们叫他演员。

面前的这台小电视机是穿着绿裙子的女孩送给演员的礼物。

这是台电视机。跟普通电视接收的是同样的电视台。但你可以改编

它的内容，只要你肯花时间，你也可以把自己拍摄的内容输入到这

个电视机里。但是你只能改给自己看，并不能把被你改编过的节目

发送出去。

演员摆弄着连着电视机的键盘，他太喜欢这个电视机了！
演员打开自己随身携带的摄像机，对准电视机开始播放今天下午刚拍的录像。

录像带里有一些穿着黑色礼服的年轻人。
他们一排排地站在那里，目光看着远处。
他们统统看着同一地方，表情严肃。

这是演员白天拍回来的一场葬礼。
突然去世的年轻人叫小虫。

镜头对准一位女孩，她的胸前戴着一朵小小的白色山茶花，我们就叫她白色山茶花，她有着冷静的气质。
镜头从白色山茶花转向另一位女孩，在这个故事里她是演员的女朋友，她脸上的天真赤裸而变幻莫测。

有趣的事情发生了！
Bon Bon夜店的老板老谭也在葬礼上。
老谭穿过人群，走到白色山茶花面前，他跟白色山茶花说着一些话。

演员重新播放了这一情节。

他们在说什么？

看老谭右面。

再次重新播放这一情节。

老谭身边走过来一个西方男人。

镜头转向白色山茶花，她好像边听着老谭说话边看着西方男人。

镜头转向西方男人，他边走边盯着姐姐看。

他们都微微地低着头，似乎有风把他们的头发吹了起来。

他们两个对上了！

如果不是为了来见你，我肯定能再拍到些什么。

那是个陌生人，好像没人知道他是谁。

穿着绿裙子的女孩盯着电视机。

她还是不相信这是一场葬礼。

3

你好啊，Kika姐妹

现在是下午1点

我早上8点才回家，在一个漫长的夜晚之后

没怎么睡，可能睡了四个小时

居然还行

这有点出乎我的意料

因为这些日子我没法正常入睡

男人

是个麻烦，当然

我的心跳得很快

所以我决定写信

给你——起码你可以听到，并且知道我的消息

这是一种感觉我们很接近的方式

我的姐妹

这是非常即兴的，我们不

需要解释

我试图把各种碎片拼接完整

但我还是迷失了

非常不幸的是我恋爱了

想到这点都令我痛苦

试图忘记他却更糟糕

别问我为什么

我只在想见的时候才见他

不经常见

所以还行

他太纯粹了

他是百分之一百的能量

我无法每天见到他

激烈的男人对我来说是危险的

因为我有

一颗经历过所有感觉的八十岁老女人的心

你

明白的

但你比我更明智

—— A.

　　　　　来自香海的女人 | The Lady from Shanghai

这是一封过去年代的读者来信，通过电子邮件的方式。这位称我为姐妹的意大利读者Anto，已经很多年没有联系了。有段时间偶尔还会接到她在我的电话答录机上的留言。把这封信找出来是因为它是来自过去的，那些年我们就是这样说话的，这就像我喜欢看老电影，我喜欢看过去时代的人们是怎么交谈的，哪怕只是在电影里。

冰岛音乐家Ólafur Arnalds在欧洲巡演时，他和乐队通常都会乘那种有床铺的旅行巴士，这样可以确保演出设备不会丢失，从一个国家到另一个国家的路上他们可以睡觉。在一次去波兰巡演的途中，当巴士进入波兰时路面开始颠簸，大家决定坐起来喝酒，酒精和颠簸的路面让胃非常不舒服，那首Ólafur Arnalds创作的名为"波兰"的曲子，结合钢琴、弦乐和电子，梦幻般地再现了夜晚行驶在冬日波兰境内的动荡、重复和因反胃而带来的感伤……

我两次去华沙都是冬天，我住的酒店离科学文化宫很近，走在科学文化宫周围会有一种扑面而来的时空拼贴感，这种感觉在莫斯科也会有。这座1952年的建筑是当年斯大林送给波兰的，在科学文化宫周围转悠会让我想起北京的外交公寓。华沙火车站附近有硬石餐厅，就像90年代的北京和上海。90年代我写的一系列小说都是关于一对年轻情侣的故事，故事的男主人公叫赛宁，他是虚构的，他代表了那个时代的天真与追求内在快乐的自信，就像那些高度曝

光的胶片 …… 赛宁说他做过一个噩梦，在一辆公共汽车上，所有的人分别穿着麦当劳、肯德基、星期五餐厅、硬石餐厅的服务员制服。在我逛华沙火车站楼的那些商店时，我看见那些年我会在夜晚出去跳舞时穿的衣服，那一刻我在想，如果我在华沙从此住下来，带着现在的领悟再去经历一遍二十多年前上海夜晚的生活，会怎样呢？我很快明白我不可能再经历一次同样的生活，因为我不可能成为此时华沙夜晚的中心。

那是一个寻找灵感和火花的年代！上海的老洋房里经常有趴体，瑞士人何浦林家里经常请客，来自安徽的小曹做的家常菜很受欢迎。创办香格纳画廊前，何浦林曾在复旦大学学习中国现实主义电影。他很幸运，遇到了本地合作者周晓雯，和丁乙、周铁海、余友涵、施勇等上海艺术家，我记得那是个一切皆有可能的年代！北京88号俱乐部里不同文化背景的人都在同一个舞池里跳舞，上海的Park97里的女孩们脸上都写着"你看我美吗，你看我多美，我真的太好看了"…… 如果让我现在回到上海开趴体，我想听一些新版的90年代的trance，很多甜美的旋律和闪着光的叮叮咚咚，无数版本的 *The Age of Love*，女孩们在夜店里戴着太阳镜 ……

第

五

章

1

上次在上海人造沙滩热带风暴玩得很高兴，到早上了还不想走。所以之后就想自己做一场。明天就是我的人造沙滩趴体。这个星期我又是过生日又是去签各种国家的签证还要做这个趴体，我把自己搞得这么忙，也不是为了赚钱，我们根本没有赞助商，还要弄Ｖ秀什么的，不赔钱就已经万幸了。而且还不知道明天会不会下雨，我开趴体经常会下雨，这次是室外，如果下雨就糟糕了。其实我就是厌倦了在室内跳舞了，我要大家都去室外，对着星星、蓝天、日出，大家一起挥动手臂，都是些老朋友，这样上海会显得更可爱些！我的想法就是这么简单，但是做起来却又累又担责任，要包大巴士，还要自己去买酒，我打电话给老谭（趴体合作者），我问他：有二十几块钱一瓶的伏特加也有七十几块钱一瓶的，该买哪种？他说那二十几块钱一瓶的是怎么回事？我说国产的。他说买七十几块钱一瓶的。接下来Ｖ秀的报价太贵，对方不肯降价，所以只能找来自己的朋友光头Vic来完成那块大屏幕工作。电话在不停地响，趴体之后我将整理行李去香港，香港之后我要去意大利，才知道我在意大利Rimini有一个演讲，这次参加的会议主题居然是：夜店与健康。讲什么呢？就讲在上海大家怎么玩吧！

2

演员和穿着绿裙子的女孩走出房间，他们准备去8号桥看木马的演出。

包叫住了他们。

包要把艺术赞助人介绍给演员。

演员：我认识她！

演员认识她是在三年以前。

那晚南昌路上的YY'S有趴体，他们在那里第一次见面。

之后他们还去了茂名南路的Babe Face，dkd。

那都是三年前的事情了。

他亲吻她，就像他是她多年的男友。

对她来说，他吻得太自然，他的呼吸过于温暖，融化了一切可能性。

这以后她不再记得其他男人的吻了。

他吻她的时候，她故意问他你叫什么名字。

他安静地说了自己的名字。

他们有点像失散很久的恋人，仿佛全世界的人都躲了起来，所有的娱乐都不再新鲜。

他们一边做爱一边恋爱，就像他可以看见她的所有，而她正在得到他最抒情的部分。

他说我们都是一样的人，不要给我假的东西。

这话令她有点震惊。

这是上海女孩们要面对的诸多问题中的一个，她们总想表现出色，很难真正地酷和放松。

他在改变她与男人亲密的方式。

与此同时，似乎他开始对她上瘾（她觉得）。

在黑暗中，他对她说：这是一个秘密！

她说我厌倦了跟第二天要上飞机的男人在一起，我厌倦了。

他说我要紧紧地跟你保持联系。

他说我们每见一次，就更了解对方，事情只会越来越好。

从来没有游客跟她说过这个。

而事情怎么可能越来越好呢？事情已经这么好了！

她真的厌倦了这种情况，但又总是跟游客发生恋情……

他跟她说再见时，他们最后一次在一起时，他一字一句地对她说：相信你自己很美，这很重要！

事情不应该是这样的。他所说的话，哪怕是说过无数遍了，当他再次说的时候，他会让听的人相信那是他第一次说，并且他只对这一个人说。

她故意没问他要任何联系方式。可是他刚走，她就在他用过的电脑里找到他的电子邮箱地址。

她给他写信：当我醒来，拼着你的名字两遍，如此清晰，如此容易，如此简单，这是你停留在我嘴里的方式。

现在，演员看着烛光里的那个穿着黄色小礼服的女孩。

她的英语时而带着伦敦腔，时而带着纽约腔。她的国语时而带着上海口音，时而像一个北京女孩。这一切都取决于她在跟谁说话。她自己，或者大部分听她说话的人，一定没有意识到这点。因为这一切并不是那么明显。

艺术赞助人：可是我们如何才能做一个真实的自己呢？要警惕虚荣心业务中的人性化危险，别把那些自命不凡的题目，处理得浑浊不清。

3

90年代的时候，有那么一两个月，我在上海棉花俱乐部放音乐，在一个雨天的晚上，一个音乐学院的男孩坐在我的DJ台旁，他的面前放着一杯可乐，我记得他正低头读着苏童的《米》，他就是后来的爵士音乐家赵可。赵可十六岁从湖南考进上海音乐学院，那时他二十岁都没到，他住在音乐学院的宿舍里，有时需要爬墙回房间，那晚是雨天，我请他去我家住。在我家第一次听到他哼爵士时，我说：你应该在酒吧唱爵士！

他说：我唱得再好也唱不过老外！

我说：那可不一定！

夏日时光，生活很轻松
鱼儿在跳，棉花在长高

哦，你爸爸有钱，妈妈很好看

嘘，小宝贝，你不要哭

在某一个早晨，你会歌唱

你会张开翅膀，飞向天空

但是在那个早晨之前，没有什么可以伤害你

与爸爸和妈妈站在一起

在某一个早晨，你会歌唱

你会张开翅膀，飞向天空

但是在那个早晨之前，没有什么可以伤害你

与爸爸和妈妈站在一起

夏日时光，生活很轻松

鱼跳起来，棉花高

哦，你爸爸有钱，妈妈很好看

嘘，小宝贝，你不要哭

——《夏日时光》

这首《夏日时光》是赵可在那些年的经典演唱曲目，我听他唱过很多版本，没有一次是一样的。台湾女孩刘婉容有一次开着她爸爸的凯迪拉克，上延安路高架时，她打开车篷让赵可站在车里唱这首歌。这首歌就像是一种催眠，把我们之前的伤心事都给埋葬了，那时我才二十多岁，可我从未感觉自己年轻过，关于这一点，刘婉容说：是的，你确实不年轻，你在认识我们之前，就像已经过了完全不同的"一生"了。

赵可二十岁出头就唱遍了上海市中心夜晚的舞台，进入三十岁时他开始得到国际爵士音乐界的关注和喜爱。他的音乐混合着中国的民歌、爵士和布鲁斯以及老上海30年代的歌曲，他有着奇特的嗓音和独创的风格。上一世纪末的时候，他每晚都在金茂酒店演出，那时陈逸飞、周星驰、梁朝伟、张曼玉、刘嘉玲、张国荣、谭咏麟经常出现在他舞台前，总有人惊讶地看着他说：你是……中国人唱爵士吗？

我曾有一盘赵可的现场演出录音磁带，我经常睡前会听赵可的《我有一段情》《三年》《花好月圆》《怀念》，磁带的有机细节把他的歌声拉长蔓延在夜色中，沧桑、年轻、脆弱、优雅、即兴、学院、灵性、纯真，再也不会有人这样演绎这些中国名曲！

在我的广州朋友吴捷眼里，当时的上海连大杨浦的小流氓都会唱《来自天堂的眼泪》，这是他在我父母家附近的部落人酒吧的体会。1995年第一期的《上海文学》介绍了部落人，艺术家张彩娃看到以后带我第一次走进这家音乐酒吧，当时吧台里面有一位长发青年，他给我放了一首收音机头的Creep，他是上海的音乐家汪文伟，那时他才二十出头，我们到现在都是好朋友。后来我在复旦附近的硬石酒吧认识了疯子乐队，我们在一起总是讨论音乐，各种时代的音乐对我来说都是新的。那时还认识了卖打口带的胖子曹祥晖，我花了六十块在他那里买过一张迪伦，上海卖打口碟的都是懂音乐的，好音乐他们会卖得贵，后来我开始举办摇滚音乐会，胖子还在音乐会里唱过"死亡金属"。

当赵可在人声鼎沸各色人种混合的夜晚的舞台唱《夏日时光》时，住在杨浦区的诗人孙孟晋在101.7兆赫的音乐节目里也放到了这首歌，他放的是Janis Joplin唱的，那时他把大部分生活费用来买原版唱片，他还写诗，有时会在节目里朗读自己写的诗歌。

如果我来拍上世纪90年代的上海，那些日子总是那些夜晚的颜色，是深棕色的木头地板的颜色，最重要的记忆是那些日子有很多漂亮的脸，有老式家具里的镜子，有丝绒、鲜花、烛光，空旷的十字路口，夜晚的街道很安静，就像只属于我们……

我和赵可那时经常在刘婉容茂名南路68弄68号的家玩。刘婉容是在美国学建筑的台湾女孩。她做的设计、她家阿姨做的饭、她穿的衣服，她的衣食住行都是中西结合的。

她的厨房橱柜采用不锈钢材质，餐桌是她收集到的上世纪20年代木质装饰艺术古董，那时我们很喜欢在那间大大的黑白马赛克浴室玩，她客厅的沙发是Le Corbusier的经典款Le Comfort，也是不锈钢配黑色，与厨房的设计呼应，还搭配着一些在我看来古怪得不可思议的老家具，那些家具常常一半是西式的一半是中式的……她家进门的地方放了一双绣花鞋，她是用它们来装饰房子的。

后来，金茂建好了，刘婉容去了金茂凯悦公关部做总监。上班时她穿着有点大的西装制服，下班了她在家里跟赵可一起听 Ella Fitzgerald，跟西班牙男朋友哈威尔跳弗拉明戈，*Vogue* 杂志的上海试刊，Eric Yang 写了有关她的报道，标题是《石库门里的卡门》——我要说的是，如果在未来，当人们谈论我们在上海的生活，仅仅只是谈论了这些，那显然是不准确的。

我和刘婉容是在 DD'S 通过赵可认识的，我们当时都二十多岁。DD'S 在幸福路上，是上海第一家放黑胶唱片的跳舞俱乐部。DD'S 是上世纪老上海的一家酒吧的名字。每次去 DD'S，我喜欢坐在最高的地方看人，所有的人挤在一起跳舞，到处都是镜子和红色丝绒，我们都喜欢日本 DJ Shin，他的音乐非常好听，他身边总围绕着一些好看的留学生。很多在上海的外国人喜欢中西结合，喜欢复古老上海，刘婉容不是老外，她更像是一种桥梁，对我和赵可来说，她是来自外部世界的缪斯。而刘婉容觉得我和赵可代表着国际化的本地人，尽管那时我们都还没出过国。

1

今天晚上去热带风暴人造沙滩看场地，一到那里老谭就说：看见月亮我高兴死了。我们要在海的中央挂起一块大幕布，这难度非常高，因为光头Vic上次看错了，他以为这里有墙，结果今晚一到他就说：墙怎么不见了？为什么还少了两个电线杆？大家都笑他昏头了。我们站在月亮下商量怎么解决这块空中的幕布。明天将有四面八方的人在月亮下跳舞，还有北京的朋友坐最后一班飞机直奔这里，赵可将在月亮下海的中央唱歌。

今天天刚黑，老谭打电话来说：月亮出来了！他在沙滩上，我在茂名路一带，到趴体快开始了才反应过来我忘了买配鸡尾酒的饮料了，还有一台唱机转速不稳。又是麻烦Buddha Bar的老板Julian，像这种趴体其实是会影响他生意的，可他还叫了一批自己的客人过来。这之前我收到一些问讯的信，不知为什么我都没回。我好像更愿意把这趴体办得像私人小趴体，也没打算把"投资"收回来，就想着能少赔点就行。我要的就是一种感觉，大屏幕挂在水上，现场VJ和DJ还有所有的人都跳起来，这就是我要的。因为我们在黑的室内待得太久，所以我们要到天空下，到水里跳舞。

9点开始下雨了。我一直在茂名路维持车的秩序和忙着安排免费票。11点我打电话过去，老谭说：气氛很好，都是熟面孔，没有陌生人。言下之意就是都是不买票的。午夜1点的时候，赵可带着整整一个大巴士的人冲进了沙滩。整个场地的人数还是比我以往的趴体少了一大半，但所有的人都在跳舞。我很舒服地坐在水边的凳子上，看着那水中的大屏幕上的动画发呆。2点的时候由于太吵有人报警，我们把音乐开到最低档，可大家还是在跳舞，我让赵可上台唱歌，鹏飞拉小提琴。早上5点，天空开始发亮，大家欢呼，很多人冲进水里，音乐开始开大，趴体真正地开始了。我和筋疲力尽的老谭坐在水边的凳子上，今天人不多，但都是真正喜欢音乐的。留下来的，都是属于锐舞的。后来我提早离开了。爸爸打电话过来询问趴体情况，我爸向来关心我开趴体的事情。

2

外面的雨下得很大。

上海的夜晚只要一下雨，酒吧里就会有很多开心的人。

正在戒烟的香海女演员：我以前一个人住，但我家除了洗手间，其他地方是不允许抽烟的。最好的戒烟方法就是坚决做到在室内不抽烟。这样可以少抽很多烟。结果大家都到洗手间抽烟，在我家最有趣的谈话都是在洗手间里产生的。我经常说应该在我家洗手间放一个小录音机，录下所有的谈话。

正在戒烟的香海女演员突然停止说话，她转过头，远远地看着香海赞助人。

正在戒烟的香海女演员：这个女人入香海的戏入得很深，她很相信那些。你是看不懂这种类型的香海女人的，敏感的人会喜欢她们。

仔细看，正在戒烟的香海女演员脸上的表情一直在细微地变化着，
她真的是一刻都不安静！
随着下着雨的夜越来越深，香海的心脏在霓虹灯闪烁的街道上跳
动，暗示了肤浅的人际关系的诱惑力。

3

美国人诺曼（Norman A. Spencer）是一位住在纽约的大学教授。1998年期间，曾有两个周末，他在布鲁克林的家中招待了一位来自中国的访问学者。后来诺曼在北京教书时，这位中国朋友带着诺曼去了很多聚会，诺曼在这些聚会中拍照，他拍到了很多在这之后成名的中国电影、音乐、艺术、舞蹈、诗歌界的重要人物。

有一天诺曼听到他当时的女朋友说到我，后来经纪录片导演吴文光介绍，他在上海茂名南路的Buddha Bar门口与我见面，当时我身边还有赵可，诺曼说我们去了一家在花园里的餐厅，他说："那餐厅里的人都穿得很像电影明星，或者像港台电影里的黑帮。"

"花园里的餐厅"也许说的是Park97。那里有餐厅的区域和跳舞的区域。它在复兴公园里，隔壁是香格纳画廊。在它刚刚开出来的时候，我跟作家金宇澄、贾平凹一起去过，现在（2021年）想起这一切，觉得很不可思议……

在《Norman A. Spencer，全球化村的无名氏》这篇文章中，作者吕澎这样描述那些年诺曼镜头里的中国文化名人：一种强有力的信仰贯穿着他们的情绪、动态、面部肌肉的每一次颤抖。贾樟柯腕上的皮质表带，他挽起袖子衔住香烟的姿态，他的高领毛衣、蓬松的头发和他有待整理的胡须。这些细节不约而同地透露出他的行色匆匆，向远方投射的目光告诉我们他正沉浸在展开理想的幸福状态。

在近二十年的时间里，诺曼一遍又一遍地向我重复叙述与文化名人最初聚会的场景，细节准确，比如他仍然记得跟我第一次见面是在晚上10点。他说这些人名和故事时没有什么情绪和形容词，可以长时间地说，几乎所有你能想到的你认识的不认识的他都认识的那些人物，都曾经出现在他的镜头里。

那些夜晚的上海的朋友，此时散落在世界各地，疫情让大家更不可能见面了，有时偶尔会有老朋友喝醉了给我打电话。在脸书的页面里，回忆依然是局部的。当人们谈论上海时，他们可能会谈论从上海带回来的宠物，他们可能会谈论上海的某一样小吃，他们可能会谈论上海的某一个夜晚，但是实际上，大家在谈论一个叫香海的地方，香海是一个很方便做梦的地方，你可以在香海找到各种年代，你认为它是什么它就可以是什么。

搬离上海以后，我曾经一个人在柏林看午夜场《银翼杀手》，我边看边在想这部电影的工作人员一定到过上海吧？是谁接待他们的呢？我相信我一秒钟也没有犯困，那晚以后我有四个多月没法正常入睡，直到我搬离柏林。

香海当然不是《银翼杀手》里的世界，香海是一种纯粹的能量（混合着黎明与深夜），那些高楼也许是照着文学作品里未来的样子而造的，而我们是原创的，懵懂的，开放的。

此时我住在罗马附近的中世纪托拉古堡，这里没有游客的时候都是老人，没人会说英语，我也不会意大利语，我的邻居非常友好，小村的村口有一个很小很小的广场，广场上有一座17世纪的教堂，一家小酒吧，一个小商店，疫情前商店里的营业员是一对八十多岁的夫妻Antonio和Rosanna。这里小卖部只有在中午和傍晚才开，在那两个时间段里，总会有人坐在教堂外的凳子上聊天。有一天我去买东西时碰见教堂门口坐着的一位女士，她跟我打着手势，我听不懂她在说什么，但是我跟着她去了她家，她给我看墙上的一些老照片，照片里有一位中国女士，身旁站着一位西方男人，我说：啊，中国太太！她打着手势说：不是太太，是情人！我说：哦，中国情人！

几天以后闺蜜高岩从中国给我打电话说：我梦到你了。我梦到我们在（上一世纪）老上海，我们穿着裙子走着，我知道那是你。哦对了，我当时有一个西方男朋友……

我其实想说，无论如何，我们都曾过高地估计了夜晚的生活可以带来的营养。在搬离上海后，我才开始读到上一世纪邵洵美在上海的故事，才轻易地就能看到那一晚，周璇主演的《黑天堂》在金城大戏院试映她在片中唱歌的那一段。周璇在义父家晚餐后，与其外子同往，在车里，这位我喜欢的女演员说：看自己的片子，实在有些紧张……

第
七
章

1

我被邀请在一个关于和平的网站上发表演讲。下面是我的演讲词：
这是我的朋友庄杰，zhuangjay.com是他的网站，他是我的朋友，
他在山中水库的水上造了一个大房子，他说你随时可以来。他在
外滩买了房子，只是为了给朋友开趴体，后来我们成了著名的邻
居，我们终于可以看着外滩在家里跳舞了！他今天给我送来了音
响，还有雪菜和榨菜，临走前他说你需要现金吗，我正好带了很多
现金。在趴体里他总是笑着的，他照顾每一个人，他也跳舞，他还
不停地拍照，他记录了我们的趴体时间。他对待他身边每一个朋友
都很好。他总是给我们送来一个又一个新玩具。这样的人有很多。
我们互相照顾。和平是你相信你的爱，相信语言的力量，相信眼
睛，相信公正，相信时间，和平是相信。和平是宽容，因为爱比恨
有力量。和平是智慧，这个世界没有输赢，所以，我们应该一起跳
舞。那么多人住在这个世界上，住在这个时刻，有多少张脸你遇到

了，并且再也不会遇到，这所有的相遇都是一种荣幸。我们付出了爱，就得照顾好我们的爱。爱在这个世界被一天天损坏，爱越来越技术化，爱不再那么单纯。爱是我们的乡村，爱是我们的医院，为了我们美丽的人生。现在，我的朋友走进我的房间，给我送来一些芝士，他知道我爱吃。

2

金茂酒店金光闪闪的走廊。

过多的金属，让人情绪不稳定。

这里只适合跟特殊的游客一起来。

白色山茶花和葬礼上的西方男人手拉着手来到男人的房间门口。

这男人像是来自未来的，声音里有阳光，眼神像大海。

看着这双眼睛，整个世界都变得清洁而没有边界。

他就像一个礼物。

他一定有着有趣的背景。

他是个特殊的游客。

通常，白色山茶花只对这种特殊的游客产生兴趣。

上海是一个可以期待这种礼物的地方。

这个男人非常文明。

他反应迅速，说着幽默或优美的语言，也知道何时该保持沉默。

他是那种男人，他所说的话，哪怕是说过无数遍了，当他再次说的时候，会让听的人相信那是他第一次说，并且他只对这一个人说。

当他和白色山茶花都沉默的时候，空气是有点紧张的。

他们无法一起分享寂静。

他们都接收不到彼此在想什么。

他们并不装成懂对方的样子。

他们也不能说太多话。

当他们在一起的时候，就像彼此的镜子。

总是可以立刻通过对方照出自己不完美或不真实的部分。

这令他们紧张。

不知道是谁比谁更紧张，是谁先紧张，是谁的紧张影响了谁。

总之他们不能靠得太近。

他们都非常想对对方好。

这男人可能只是单纯地想让白色山茶花开心。

而白色山茶花则不同，她多少有点表现自己和讨好对方，并且很快开始奢望能够拥有这个男人的爱。

这两个人都不会那么轻易地跟什么人有一个真正深入的谈话。

哪怕他们很想，也不知道该如何开始。

他们完全不谈论那场葬礼的悲伤。

他们完全不分享对任何重要事情的看法。

白色山茶花试图想认真点。

白色山茶花：对于我来说，关于你，一切都是模糊的，我不知道你是谁。

西方男人好像立刻要堵住她的嘴似的。

西方男人：可能我自己都不知道自己是谁。

西方男子和香海女人，依靠视觉提示、表情和气氛来交谈。

在这个世界里，人际关系就像金茂酒店的镀金走廊。

早晨，在城市的另一头，灵魂的郊区。

演员戴着墨镜在一个有着大屏幕的房间，阳光在他身后。

电话另一头的红坐在北外滩的沙发上。

在外面喝了一晚上酒回到家时，红喜欢拿一罐日本啤酒看着《教父》入睡，她只有在那个时候喝啤酒。

在此时的年代，主人公们的生活营养过于丰富，他们突然开始看很多电影，有很多角色扮演的选择，每个人都很忙，因为每一年概念不同，日子也不同……

3

疫情前夕，我住在荷兰和比利时边境一座 Marie Antoinette 乡间别墅风格的庄园，地属荷兰。庄园主人是在上海住过的比利时朋友马西明的好朋友。那段日子，只要马西明从巴黎回来，就会开车送我去比利时和荷兰两个国家的超市买亚洲素食。那时可以这样，疫情之后就没那么方便了。荷兰和比利时疫情政策不一样，尽管有些人住在这个国家却在另一个国家上班。

我们曾经总是在车里谈论上海，谈论发生在那里的人际关系的蛛丝马迹，也会有一些聚会的场景出现。有时我们会把车开到更空旷更远的地方，那里大片大片的绿色，像地毯一样，这里的人们种植草的方式不同，冬天的草是碧绿的，夏天的草是灰绿色的。马西明唠叨着应该给这些草浇水，但是人们说这是在浪费水。马西明抱怨说可是植物不应该死，这些人坐着飞机去沙漠，在沙漠里人们给植物浇水……

夏天坐在那里看着大片的灰绿色，那种时候很适合谈论上海，有一次马西明指着在吃草的马说：这些马都是VIP，都是专门被运来吃这里的草的。

宋芳（永嘉路上一家茶馆的名字）肯定觉得我们是疯子。

宋芳两年前就已经知道我们是疯子了。

所以，你刚才在说什么？

说什么？

你碰到过最有钱的中国人吗？

冰山一角。很多有钱人还不知道他们自己爱艺术。

你真的相信上海对世界很重要吗？

当然，就像纽约。

为什么？

什么"为什么"？

什么使你这样认为？

首先，没有几个城市有上海这样的能量，就像纽约那样。

什么样的能量？

上海就像纽约，人跟人之间互相吸引很容易。因为容易，容易沟通可以使你创造很棒的东西。在伦敦如果没人给你介绍什么人认识，你就没有这种幸运，不是幸运是缘分，或者命运。其实纽约很大，照理说不应该是那样的，这可能跟历史有关，比如巴黎和伦敦是古老的城市，当地人喜欢扎堆，像一个村庄。

马西明想念着上海的老吉士餐厅，想念着那里的凉拌黄瓜、糖醋花生、烤麸；想念着宋芳茶馆里简单的苹果派，他爱喝的那款茶叫"上海梦"，他会在茶里放糖；他还想念桂花的香味，尽管那味道非常像洗涤用品的味道，但却让他的鼻子很欢喜；他在比利时克诺克自家花园里种上了桂花树，但是品种显然没弄对；说到味道他也想念沉香，他甚至跟淮海路襄阳路那家甜品店的老板一起做过沉香马卡龙……

疫情在欧洲开始暴发时，我搬去了安特卫普，被困了四个月之后回到意大利的家。托拉古堡小村在一处六百多米高的山坡上俯视着山下的湖水，据说湖面下降时可以看到中世纪的遗迹。刚搬来时，我的罗马的好朋友安迪（Andrea Volpini）跟我说：湖将是你的美剧。

有一次我突然跟罗马人安迪说：其实那些年在上海，我现在觉得我并不知道那些在我身边的都是怎样的人。
安迪说：他们是怎样的人重要吗？你的生活一直就是那样的，很多年都是那样，你周围一直有各种各样有趣的人，你只需要知道这一点不是吗？

我低头说：嗯，也是，但是我现在试图能理解他们。

你必须明白：这是这里的最后一场雪。从现在起，这里只留下我对雪的记忆，就像这座城市只会成为你的记忆。

——Léo Strintz《帝国与缺席》

这段话是我的法文版《熊猫》的编辑恰尔斯（Charles Recourse）发给我的，当时我们在谈论上海。恰尔斯有一双明亮的眼睛。他是法国年青一代重要的文学翻译，曾翻译过David Foster Wallace的著作。我们2007年第一次见面时他二十多岁，我们在一片阳光强烈的平原上见面，他说我们可以站在彼此的阴影里。前几年他到上海旅行时住我家，当时我还住在东大名路北外滩，一张银色的长桌对着黄浦江，窗外的天空总是呈现出一种上海特有的人工奇幻（我通常说这是plastic fantastic），公寓的阳台对着东方明珠和金茂大厦，雾遮住了它们的顶部，晚上江面上有一些挂着彩灯的船，大多是银行广告，我更喜欢熄灯以后的江面，那时会有一些黑色的船静静地移动着，这片景观可能是恰尔斯有关上海的"最后一场雪"，因为每次谈到上海他都要谈到这片景观。

我：你的上海的最后一场雪是什么？
法国人法兰克：我从来没有在上海看到过雪，我只认识一个叫雪（Snow）的女孩，二十年前在一个都是游客的酒吧……

我：我记得那个故事，你从曼哈顿酒吧一直喝到早上出来，雪是那里卖酒的，你在门外看到了一个卖橘子的小女孩，你说这是雪橘……

法国人法兰克：你记得这个故事真好！

第

八

章

1

回到上海后就又是天天趴体。朋友们刚走，上海下雨了，很久没有看过雨天的上海了。住在十九楼看下去，汽车在静静地移动，所有的建筑都是湿润的，我的房间里放着音乐，我累了，因为我快乐，我真的不愿意住在世界上任何其他地方，因为我有朋友和亲人在这里，这里是我的家，这干净的感觉就像这雨中的城市。上海的雨天是很特别的，因为雨天的上海有股雨天的香味，而平时你是不会觉得上海香的。今天是大家结束假期上班的第一天。这次国庆所有人放七天假，这些天马路上有卖一种塑料的天使翅膀，很多人戴着那种翅膀走在外滩，远远看过去马路上都是翅膀，不管老少，我觉得这画面挺嗨的。这些日子夜店也没有周末了，因为天天是周末，天天都是那么多人。但是今早上以后一切将恢复原样。而我的朋友大都没有工作。我在法国的时候就在感叹：要在我朋友里找出一个有工作的也挺难的。没工作的却都有自己的办法让自己可以生存，这是本事。没工作的却也喜欢凑热闹，在周末出去玩，但心情却很不一样。刚才这些没工作的还在说：得早点走，因为今天所有的人都开始工作了，等一会儿车不好开了。

2

莫干山路50号。

这是个完全封闭的空间。

这里的每一面墙都被一张张绿莹莹的小照片给包了起来。

每张照片都是一些男女青年迷惘的脸穿梭在一棵棵小树之间。

有二十台左右的显示屏挂在空中。

显示屏里播放着这些男女在小河里缓慢地划着船,他们的小船穿过小树林,他们的脸上还是那雕塑般的迷惘表情。

有二十个左右的上海女孩子坐在绿色的照片墙下打麻将。

这些上海女孩们个个生机勃勃。

她们一律说着上海话,脸上呈现出一种对世俗生活迷人的思考。

谈话内容大多关于她们看过的电影,她们所热爱的小商店,她们参加过的各种趴体,及如何修补趴体太多对皮肤造成的伤害。

这里的女孩几乎从不讨论男人。偶尔说到男人的时候，也都是十分小心而克制的。

全是女的呀，一个男的也没有啊！

要男的干什么？跟男的赌什么啦？

跟男的赌就不赌钱了。

那赌什么？

我放所有的钱，来赌"男人是聪明的"。

太多的男人放钱来赌"女人是蠢的"。而我放钱赌"你，男人，是聪明的"，输了算我倒霉。

在绿色倒影中，我们会发现自己身处莫干山路 50 号这个封闭的空间，四周的墙壁上贴满了绿色的小照片，每张照片都记录了在小树林中穿行的年轻人迷茫的表情，我们会遇到看上去一点都不迷茫的香海女孩，她们正热闹地打着麻将。虚构通过对话展开，我们在对话选择上做出的决定，将影响虚构的方向。虽然打着麻将的女孩们很少讨论男人，但也可以选择谨慎而克制地深入讨论，从而创造出不同的路径。受香海女孩之间对话的启发，我们可以选择就"男人是聪明的"或"男人既聪明也不聪明"等观点下注，这些赌注会影响角色之间的关系，并导致不同的结果。

3

本世纪初的上海的郊区，我的北京朋友们正在拍一部与爱情有关的
电视剧，听说导演张一白有时会搬一张凳子坐在酒店的走廊里，看
守着每一个房间的门，即便这样大家还是一直溜出去玩。

那些年，我的北京朋友们来上海时，他们喜欢在Goya喝马提尼。
那些日子白天他们在上海拍刁亦男编剧的电视剧，晚上在Goya喝
马提尼，我记得有一天王学兵在Goya说：你闻到了风的气息吗？
今天的这句台词谁写的？

如果让我来设想一个有关上海夜晚出去玩的故事，我首先会想到那
道华丽的亚洲第一弯，当车从延安路高架转向外滩时，就像是把车
开在了黄浦江面上，我幻想有几辆车从此停在了转角处的时间里，
在夜晚的黄浦江面上，车上的男男女女都在谈论爱与爱情……

……她昨天来了，她先给我打电话的，当电话响的时候我就知道肯定是她，我花了很长时间为她在网上找梦露的《让我们做爱吧》，然后就接到了她的电话，她问我是否可以把另一部梦露的电影还给她，她下个星期会在电台里讨论梦露，然后她问我是否愿意跟她一起看电影。我们一起看了电影。她真的那么美，无与伦比地性感和美。我努力让自己酷，我当时在生病所以我们没有亲吻，但是我想她想来着，这让我非常非常高兴。我想保持这样，不想回到我们的上一个阶段。我很强烈地感觉到我们依然相爱，在我的车里，在我的酒杯里，我的衣服上，我的键盘上，在很多地方我都可以感觉到，但有些东西我们失去了，我们的床还是那么孤独和沉重，爱怎么可能有时候变得那么糟糕呢？我不想再回到那种状态里去……

以前夜晚聚会就是为了可以这样聊天，而且聊的都是类似这样的主题，尽管其实夜晚的能量太强，很多时候大家都没怎么听明白对方在说什么，我们总是在出租车上谈论爱情，穿梭于上海迷宫般的街道，对影响命运的暗流一无所知。

我还可以想象一个上海女孩拿着两部手机出门搜索她不见了踪影的情人。她总是在等一个电话或者短信，这是比较常见的面对一段麻烦的关系时会发生的状况，非常戏剧性和不健康，非常激烈和绝望，非常"法科特阿婆"，但也非常真实和诚实。她陆续收到了朋友们在家里、在上海人阿咪的车上、在金茂凯悦的房间、在茂名南路dkd、在Goya酒吧、在Park97开趴体的短信……之后她出门去了Park97，见了几个朋友，每个人都似乎对她敞开心扉。

已经过了午夜了，茂名南路68弄68号刘婉容的家，她还在打扮，平时她其实不怎么化妆。她的邻居都是上海人，他们看着她把楼道的锅炉房改成了镶满复古黑白马赛克的浴室，她有着江南女子的身材，一张圆圆的小脸，美丽的单眼皮，盘着的长发是她的标志（有时插一根发簪）。她的奶奶是杭州人，爷爷是江苏人。爷爷毕业于上海圣约翰大学，据说讲的一口流利的英语，几乎没有口音。刘婉容说话很嗲，但性格有点像男孩子。她觉得自己前世大概在老上海生活过，她的叔公是上海解放前最后一任市长吴国桢。

以前她经常去上海的旧货市场收老东西，不仅仅是老旗袍，还有老式的碎钻石首饰、包、手表、怀表、烟盒，总之可以让她穿戴的老东西她都会收，这些东西在上海也不贵。她会把老旗袍新穿，那些老的透明的纱的旗袍，纱上印着不透明的花色图案，她会在旗袍里配穿泳衣。晚上出去玩时，她的妆容是老上海香烟广告牌上的那种，眉毛很细，淡妆，很红的口红。有时她会把头发梳成一个细细长长的辫子，发尾像毛笔，很多人都会觉得她的头发是假的，因为看上去又怪又有趣。如果穿得更传统一些的话，她会专门去梳一个上世纪20年代的浪板型的发型。精心完善自己的上世纪20年代装扮的最后，她会配上一双怀旧式样的Charles Jordan的枣红色亮皮的高跟鞋。

刘婉容在上海的夜晚出门是为了看和被看。她出门是为了去看美丽的东西（而不是为了艳遇），这也是为什么她从不去啤酒屋，她不喜欢喝醉说话乱七八糟的人，她也不会去会有人打架的地方。

Park97的设计很有趣，它是一个外面可以看里面、里面可以看外面的地方。进入复兴公园走向Park97的那些时刻，通常大家都会先透过玻璃窗往里观察，那里有跟刘婉容家一样的红色。这个设计很像一个鱼缸，这不是关于空间和室内设计的，Park97塑造的是一种经验。其实它所使用的装饰材料一般，那幅画也就那样，他们创造了一种与人和音乐有关的经验。我们都记得复兴公园里那些踩着高跷的表演者，这是我们第一次看到这样一种梦幻感的夜晚的生活。

Park97的创始人张浩东，Tony Zhang，他出国时上海还没有超市，而他念的高中John Marshall就在"Hollywood"这块牌子的山脚下，他的大学UCLA在比弗利山庄，那里的社交和夜生活都有很多明星出没。1992年和1993年他回上海时，见到造了一半的东方明珠，虽然大家穿得还是很保守，但他感到了前所未有的开放正在萌芽之中。1995年他再次回上海时，城里已经开始有酒吧了，除了希尔顿对面的曼哈顿那一排，还有银河、LA Café，但是没有比弗利山庄的那种需要搞定经理才能进去的时髦场所。

在Park97的故事里，有一位很关键的人物叫Marcus Brauchli，当时他是《华尔街日报》在上海的负责人。Marcus Brauchli做过《华尔街日报》和《华盛顿邮报》的总编。他和Tony在上海的一个电影节的活动上认识，那次活动是在一艘浦江游轮上。Tony跟Marcus Brauchli经常一起吃饭，他们谈到好莱坞的夜生活时，Marcus提议说上海就缺这样的场所，也许Tony应该开一家。Marcus介绍了Graham Earnshaw给Tony。Graham我也认识，他跟赵可很熟，他是路透社的记者，晚上会在林栋甫的House of Blues & Jazz唱歌。那些年上海有一些被我称为"特殊游客"的神人。Graham住在淮海公寓，晚上经常在家里开趴体。

Tony最初拿下复兴公园这块地方时，并不知道自己要做什么。他找了Graham和Marcus一起商量，他们问Tony喜欢什么，Tony说他喜欢上海上世纪二三十年代的夜生活。George Grigorian是一位纽约室内设计师，当时他在上海修国际饭店。特朗普曾写过一本书叫*Art of Deal*，在*Art of Deal*这本书中特朗普有写到位于特朗普大厦顶楼的家，这个家就是George Grigorian设计的。Tony和George Grigorian是在酒吧认识的。George很快帮忙做了第一个平面图。Tony说付不了很贵的设计费，到时候George可以免费喝酒。那个神奇的年代很多事情的发生既即兴又及时。接下来Tony找了上影厂的一些老师傅画老上海效果图，还设计了有轨电车，最初有点像美国的那种主题酒吧。

八 >>> 103

后来Marcus找来了M餐厅的Michelle Garnault，Michelle当时想在上海老房子里做高级餐厅，她把妹妹Nichole Garnault介绍给了Tony。Nichole在香港和Kee Club的老板一起开了Club97。Club97是Tony当时去香港最喜欢玩的地方，那时他的女朋友是香港的一位歌星，于是Tony立刻飞去了香港。

Tony自己都不知道是怎么把Club97的两位老板给说服的。除了说"我没做过酒吧你们得帮我"之外，他还说了"上海是未来"。接下来一帮人就跟着Tony来了复兴公园，大家听Tony讲法国公园的历史，有一些人还是第一次来上海。他们跟着Tony去看正在打造的老上海布景时都笑了，因为电影制片厂的老师傅做的东西其实不适合夜晚的场所。苏格兰设计师Elaine Jamieson当时也在，大家很快决定做先锋感觉的装饰艺术风格。

我们都知道有一位神奇的人物他叫Thomas，无论我带哪个国家的朋友走进Park97，他都会用那个国家的语言打招呼。上海DJ Speedy说Thomas能记住所有人的名字，你今年给他一张名片明年他还记得你的名字。香港人Thomas接管Park97是后来的事情。在最初的时候，英国人Sian Coakley是管理者，她是我见过的最友好最有趣的英国人，完美地代表了上世纪90年代末的那种氛围。后来，她和我还有Andrew Bull和台湾小李，我们一起做了Paul

Oakenfold在上海Rojam的演出，当时素素和许敏是《周末画报》的主编和出版人，我和Paul的合影是1999年8月28日《周末画报》的封面故事。Paul Oakenfold在Rojam的那场演出卖了2000张门票，这是上海第一场这么大规模的跳舞趴体，VIP区挤满了各种时髦人群，如今重听那场演出的现场录音，不知为什么速度都是过快的，不真实的。

住在上海的英国建筑师Andy Hall当时留着披头士的发型，很疯很可爱，有一次他跟我感叹道：你看你是作家但人家总在说你干吗干吗了，我是建筑师但人家总在说我喝多了在Park97干吗干吗了，根本没人在说我们的专业⋯⋯其实那些年大家都听不太明白对方在说什么，比如我清楚地记得有一天我在复旦大学硬石酒吧附近接了Andy Hall的电话，他一再跟我解释E-mail地址中那个"点"英文怎么说，而我就是听不懂⋯⋯

我的法国出版社社长Sebstien Moreu不理解我居然不知道马也是吃面包的。确实，我怎么会知道马也是吃面包的呢？而且他还说吃不吃取决于面包房里的面包质量！谈论马吃面包这件事的时候，我们正在他的家乡圣特罗佩（Saint Tropez）。圣特罗佩离戛纳一个小时，第一次他带我来这儿时，我并不知道这个地方那么有名。当时是冬天，这里没有游客的时候很安静，Seb没有像旅行手册那样来介绍这个地方，他只是带我去见他从小一起长大的好朋友，带我去他家海边的餐厅，带我见他爸爸妈妈，带我去他喜欢的咖啡馆，吃那里最有名的一种黄色的蛋糕。他还带我去他家开的海边的酒店Campagne les Jumeaux，带我看他养的驴和马。酒店直接可以抵达海滩，Seb说过新浪潮电影就是从那片海滩开始的，酒店就在法国传奇女演员碧姬·芭铎（Brigitte Bardot）家附近。

对于在上海出生长大的我，想起圣特罗佩，就像耳边响起一首歌（比如 Nicolas Jaar 的那首 *Colomb*），歌里有法国南部的阳光、和平的大海，也有风声……但所有的声音都像是被处理过了——歌声、节奏甚至乐器的使用改变了它们原有的逻辑，这里的人们看上去甜美而友好，所有人跟所有人都仿佛认识了一辈子。餐厅里总是有抱着小狗的美人，就算说起明星们的名字，听上去也都像是在说小学同学或者邻居——比如，Brigitte Bardot 几十年来一直在Sébastien 的爸爸 Alain 的诊所看牙。

我不能说法国南部对我来说是不真实的，但同时我又想说，法国南部真的很像是一个午睡时发生的梦，梦里的光线太强烈，我们只有站在彼此的阴影里才能看清对方。

曾经有很多年，除了书本、影碟、音乐，让我们开眼界的地方就是那些发生在上海的夜晚的聚会，那里不分种族、文化和阶级，我们不知道今晚出门会碰见一张怎样有趣的脸，我们相信夜晚，我们穿过那扇门，并把自己交给音乐。有很多年，我们对待夜晚就像对待艺术那样认真，我们全力以赴，在夜晚表达爱与尊重，注重仪式感，喝酒喝伤了身体（肯定喝了很多假酒）。

Park97刚开张时，那里的音乐有Prince、Abba、Buddha Bar、Café de Mar、Gloria Stephane、Bee Gees。Park97隔壁是香格纳画廊。这天夜里，法国青年法兰克正在为巴黎的一个展览做准备工作。他喜欢这个展览，也很高兴能整晚在复兴公园用法语记下对上海的感觉，他在那里一直待到早上，并且感觉不到时间的流逝。

本世纪初，我住在四平路，法国青年法兰克有时会住在我家，他会在午夜以后穿过马路去超市买长城葡萄酒，他会准备一块白色的餐布，像高级餐厅的服务员那样给我倒"长城白"。后来我跟他说我发现了一个有点意思的咖啡馆，接下来他就在那个叫"Boonna"的咖啡馆碰到了他后来的太太西蒙。我可以想象，中途有过一位香海女孩来香格纳画廊看法兰克，当时那位女孩正在全城搜索她的情人，在交谈中，法兰克说出了长长的一段感叹：

……男人就像是二手车，他们往往都曾属于别的什么人。他们的交换价值通常高于他们的使用价值，这是男人的主体缺陷，同时亦是他们主要的妙处所在。男人是否年轻并不是一个问题，问题在于他们总是已被使用、被驾驭、被撞击、被整修……他们度过自己的故障，他们变得干涸乏味，并且在不晓得什么时候的中途会拒绝运行，时常留给你一串担忧和怀疑。我要给女人们的首条建议是，千万不要以为你将拥有一部崭新的车，一个为第一次使用做好准备的完美无瑕的男人。爱情是一个散落着跳蚤或者有时是游魂的二手市场，无须对你在其中觅得的东西感到害怕。男人热衷于习惯、舒适、老式风格。拥有一个安静的妻子、一场美妙而又顺畅的驾驭……是他们想用来爱女人的方式，也是他们希望的女人爱他们的方式，那是他们的引擎或是他们想象力的局限。更深入地说，一个男人喜欢陷在他的记忆或是他和谐生活的白日梦中，乐于感到那些记忆没有被现在过多地干扰，那是男人的工作。一个被爱上的男人总是出现在其他女人梦想的边缘。一个被爱上的男人像是一部全新的机械，再次变得性感无比，充满了活力和勇气，同时还附带一张全新的记忆存储卡以及一种全新的感知。对女人来说，一个男人当他从自己先前的恋爱史中获得一种迷人的混合气质时是相当有魅力的。这样的男人，他的气味是强烈的，它包容了许多女人的芬芳和香水味。在通常意义上，一个男人是他所遇的女人们所产生的结果。他所要求的只是一个安全的旅程，那是他唯一可以承受的。

这一位听着法国人谈这些法国问题的，在找不见了的情人的香海女孩也可以是我，听完这些话，我又进Park97找了一圈，我看见赵可在门口的花坛上给他父母打电话，那时他刚二十出头，在上海的夜晚已经很有名了，但并不是每个人都知道他是唱爵士的，大家都

　　　　　来自香海的女人 | The Lady from Shanghai

表现得跟他很熟，但有时却把他当成服装设计师、发型师介绍给别人。大多数时候他对此并不在乎，但有时他也会沮丧，他会跟小伙伴倾诉，实在很难受时他会给父母打电话。

我还看见了日本女孩儿美和（Miwa），她是化妆师和中日媒体协调，还是熊猫娃娃Hustle Panda的设计师，有一次她很认真地告诉我：上海是我的情人，我所有的爱和怨，都因为上海是我的情人。Miwa很美，每次微笑，总带着纯真的能量，每一位我身边的男士，都会说同样的一句话：哇，你的朋友真性感！

最后，我走进了一家还开着的酒吧，有可能一进门就看到了我要找的人，他戴着一顶无与伦比的帽子坐在那里高谈阔论，他告诉我他爱我，他重复地说：你要理解我你要理解我。而我不停地像电影里那样说：你让我好沮丧啊，我好沮丧！最后他说：忘记你那些愚蠢的想法。不要在乎我有没有给你打电话。我会在我想打的时候给你打电话的。生命很长，你那么急干什么？我昨晚就知道你会回到我身边的。你必须要懂我的生活，你得懂我。我的生活特别不容易！

也许他还请服务员拿来一些纸和笔，他手写了一张承诺书，说是要在每年我生日的时候送我礼物，一直到永远。之后有很多年我衣柜里最美的衣服是他送的。当然，后来我们还是走散了，找不到对方了。

第

九
章

1

去夜店俱乐部到底是为了什么？电音俱乐部，喝酒，跳舞，其实都是一种社交生活。我的朋友小马达有一次在出租车上对我说过这话，我也一直都是这么认为的。我们需要社交，社交有很无聊的部分，但也有极有趣的部分。普通的社交就是看着俱乐部里各种各样的脸，看着大家一起在跳舞，碰见熟人跟他们聊天，看他们的衣服，听听各种消息，也就是这点内容。很少的人会像我一样到早上了还在找下一个地点。如果我在上海周末的夜晚出门，先是去Park97逛一圈，然后去金钟扫一眼，最后到Buddha Bar，再最后到Mazzor，再最后带着DJ到我家。我有时在中午倒在沙发上睡着，DJ什么时候走的我都不知道。北京人玩得比较狠，除了那些到早上会回家的人以外，其他不想睡觉的能撑上48小时。在北京我一般先在99号喝几杯，然后去88号，偶尔会去丝绒。北京的电音俱乐部里艺术家挺多的，玩起来比较家庭化，彼此都非常热情，偶尔还会谈一两句艺术或者艺术新闻。广州就只有FACE了，FACE有很好的DJ Remis，有漂亮的老板Jimmy Lee，广州人玩起来比较自然，没那么装腔作势。这三个地方的俱乐部DJ水准都差不多，不过我最喜欢的还是上海的，但是我经常去北京。

2

红的家。傍晚。红和演员睡在床上。

百叶窗的影子投射在墙上，形成复杂的图案。

红醒来，发现自己的手被演员握着。

醒来的时候，隔壁的音乐隐隐传来，是声音碎片乐队的《狂欢》。

你听，隔壁也在放这首歌。

可我们是今天早上7点放的，现在是晚上8点，他们晚了。

演员跳下床，在红的那堆唱片里乱翻一通。

我们有了！

唱片推进去，音乐响起来，音乐被放得轰天响。

莫扎特《安魂曲》。

红起床，刷牙。

红在浴室洗澡的时候，演员进来。

可以吗？

可以，那边有新的牙刷。

唱机里的音乐仿佛突然变得温暖而抒情。

红在洗澡，演员在刷牙。

红突然感动。这一幕太好了！

今晚你准备去哪里？

我去ABC的万圣节趴体。

哦！那个被你叫作地下电影公主的女孩！

我可能再也不能去任何带有社交性质的，或者喜欢社交的人做的趴
体了。尤其不能去任何跟艺术或者艺术青年有关的超过五个人以上
的活动了。

可是你上个月还说只做五十个人以下的趴体。

不知道我们那些特殊的朋友今天会穿成什么样，他们一年的这一天
可以想穿什么就穿什么走在马路上。

演员走出浴室，拿起手机，拨了一个号码。

红裹着浴巾出来。

我想问你一个问题。

等会儿行吗？

演员拿着电话听了一会儿，然后把电话放下。

你刚才要说什么？

没什么。不说了。

演员仿佛知道了红刚才想问什么。

窗外的街上挂着一个巨型的电视屏幕，从高处往下看，演员站在窗边若有所思，他在大屏幕下显得非常渺小。

跳动的光线从电视里穿过街道射进房间，他们睡过的床像是在一个战场的中心，混乱而又寂静。

从低处往上，斜角镜头中，在光明与黑暗之间，演员的脸与身体，符合一些人对梦想的要求。

他们无比温柔起来，演员把红搂在怀里，他亲吻着她。

谢谢你昨晚一直拉着我的手。

男人其实很神秘的。他们绝不会只有一种生活，他们总是有很多种
不同的生活……

有时候我想你的时候，我在想也许你也在想我。

和你在一起的每一刻都很快乐，每一刻都不一样。

谢谢你把我当成你的朋友。

3

每年的戛纳电影节期间，法国Enrico Navarra画廊的主人Navarra会带着家人和工作人员来到Le Muy的画廊山庄，Enrico对朋友和艺术家很慷慨，以一种令人舒服的方式。在这里可以经常见到各界名流，对我来说比较戏剧性的场景是见到了U2乐队。某个下午，画廊工作人员法日混血Julien来敲我的门，他说：Bono在厨房，不要害羞，过去打个招呼！

走进厨房，我看见Bono和Enrico站在那里，他们面前放着画廊制作的有关中国建筑的画册，《航行》和《重生》，这套画册是我为其工作的"华人制造"系列中的一部分。Bono问我你也在这套大书里面吗？ Bono特别会说段子，在游泳池边上，他就像我北京的那些哥儿们那样一个段子接一个段子逗我们乐，等乐队其他成员游了一会儿泳上岸后，他们坐着直升机离开了。

现在是2022年的5月，戛纳电影节的季节，今天住在上海的刘星感叹：三年前的这个时候在戛纳玩耍，在艺术家驻留酒店的顶层，和阿比察邦的制片人看着大海听现场音乐，蓝色的密度越来越浓直到绛紫墨色，远远看见露天电影院开始放《四百击》，夜里跑去邱阳在城市另一个街角的派对，一堆人在海滩锦衣夜行，举杯邀月……

我记得2014年戛纳电影节期间，我住在画廊山庄，某个下午，我看见大家都围坐在长桌周围，等着看由大鼻子杰拉德·德帕迪约主演、由阿贝尔·费拉拉导演的 *Welcome To New York*，画廊主人Enrico先生也在，有人严肃地向我说明这部片子只在网络上发行，当时在网络发行一部一线演员和导演的片子还是挺新鲜的一件事情。

我从未想过5月的戛纳没有电影节会是怎样的。刘星曾经在法国学电影，她回忆中提到的"驻留酒店"其实是一套高级公寓改建的，那不是"艺术家驻留酒店"，UGC Cannes Villa是法国电影院线UGC在戛纳招待电影工作者的地方，而她说的"阿比察邦的制片人"，其实当时在那里感叹："哦，这里都是杀手，哇，他们都在这里，这可不是什么让人放松的地方……"

2019年，来自南京的香海女孩刘星穿着考究的裙子和球鞋，拿着一台传奇胶片机（Rolleiflex双反相机），站在吧台一角瞄着镜头的形象，是我在戛纳见到的最美的。这就像在戈达尔的《再见语言》的首映式外面，年轻人高举着牌子找票，开场前有人高喊了一声："新浪潮永存！"

那次戛纳之行刘星还去了海边露天电影院，我喜欢她拍的肩上趴着猫看电影的男子。在那一组照片中，她还发了一张周迅的照片，那可能是一则在戛纳出现的广告，照片上周迅穿戴正式，头上却包着像浴巾一样的白色头巾…… 我当时就想这个样子的女主人公走在通往瀑布的小路上，应该就是我想要写的发生在托拉古堡的故事……

即便是我很久没有写小说了，我还是会习惯于在心里跟我的小说生活在一起。其实写小说比写真实的生活容易。尽管所谓真实的生活其实也是小说，而把整个现实当成小说来写并不那么容易。我需要放松，需要有体力，需要很小心我的食物，既不能吃得太好，也不能吃的太不好，同时这些依然不是最重要的。

我想写的这个故事的女主人公，是那种来自香海的女人，她长着一张精致而生动的脸，夏天时经常穿着一件白色的T恤，上面写着英语"我不擅长社交"。大部分时间她看上去很普通，在托拉古堡大家不是很清楚她到底是哪里人，反正她是亚洲人，她也不算是陌生人，我设想她是罗马制片人Davide Novelli的朋友。

此时她一边跟北京的闺蜜在手机里聊着天，一边拐进了通往Cascata delle Vallocchie瀑布的那条小路，一辆警车开过她身旁时，她立刻脚步就不稳了，这就像她是躲在这里的一名罪犯，在这里住得"太久了"，连她自己都觉得自己在躲着什么。

她不会说意大利语，也无法像以前那样很快开始说一门新的语言，好像她已经历了太多世俗生活，她的某些能力不再具有延展性了，并不能简单地理解成她对邻居的生活或者语言不感兴趣。

她跟每一位见到的邻居和游客说Ciao（意大利语"你好"），开始的时候大家跟在罗马的Davide说她人很好，但是三年过去了她居然还是只说Ciao，后来大家见到她也只跟她说Ciao，这让她开始意识到自己是否应该去学几句问候语，那应该也不是很难吧，可她仿佛已筋疲力尽……

有一次她在小卖部Forno Orsini买东西时，小卖部的女主人教她学说意大利语的"面粉"和"奶油"，她是唯一一个打破"ciao"的人，她让我的女主人公有些不好意思，她再次反省自己没有学习意大利问候语是不是不礼貌的。

小卖部原来的主人是一对八十多岁的夫妻Antonio和Rosanna，疫情之后他们把小卖部给了一对罗马尼亚夫妻。尽管我的女主人公很喜欢原来的店主人，他们让她对一种没有经历过的年代有一种怀旧感，但罗马尼亚夫妻管理小卖部之后，确实多了一些好吃的，时不时会有小惊喜，而且还有了刷卡机。

刚搬到这里的时候，女主人公没什么吃的，她需要邻居开车送她去超市，每次去超市她得贴着淘宝买的晕车贴，现在她已经两年没有去大超市了，她当然也是想去的。我本来设想的是，有两位中国女士住在这里，她们想各种办法在小卖部找食材，研究各种做中国菜的方法，后来我发现这真的是不太可能的。小卖部里变不出太多花样。

我和北京闺蜜高岩这两年经常说各种好吃的，她发给我她做的食物的照片，我发给她我做的食物的照片，我做的食物看着有些忧伤，尽管我发给她的时候是很开心的。

亲爱的，蔬菜出水的话要稍微挤一下水再和上豆腐、鸡蛋、面包渣，淀粉1勺，加点盐和味精 —— 好像意大利是有自己的味精的 —— 调味，团成圆子，文火热油就可以炸了。

不知道那边的豆腐什么样，可能比较散，一定要放点儿淀粉，或者木薯粉，否则都粘不上……

萝卜干不能炖汤的，可以提前泡了，沥干水分，加辣椒炒，做小菜配粥吃。

这里的米煮粥很香！

地中海食物就是充满能量，很香的。

太想跟你吃馅饼了……

对呀，嗯，馅饼真的挺好的，我们昨天晚上还去吃了那个白菜馅儿的馅饼，很香的，喝了那个红豆粥，其实馅饼很好做的，如果在你那边……哎呀，我不好给你讲这些，对你来说比较复杂，其实非常简单，做馅饼……

我设想的女主人公在不同的季节固定地穿那么几件衣服，她的头发是邻居Melina剪的，Melina在罗马教美发，Melina很会剪亚洲人的头发，她把女主人公的头发剪得很贴，自然蓬松的黑色短发，看着就像那些上世纪60年代黑白电影里的知识分子。

女主人公偶尔也会有失控的时候，她会在头上裹着高高的白色头巾（其实像浴巾）出门，其实也就是去瀑布，这里平坦的路不多，大多都是上坡或者下坡，对她这个上海来的人来说，在这里走路始终有一种奋斗的概念，有一次她想也许是因为这一点她不再需要太花哨的食物 —— 尤其是这里的冬天，非常寒冷，她需要吃很实在的可以让她暖起来的食物。

如果真有人仔细观察的话，一年四季大部分时间，她总是穿着一双黄色的塑料拖鞋，那种前面封口的，无论是冬天还是夏天。其实这是因为她有洁癖，她自己规定穿这双鞋回家时脚依然是干净的。有一次她穿着黄色的塑料拖鞋，手里拿着绿色的塑料马甲袋，在走向自己家的时候，她发现有游客在拍她。那一刻她有些恍惚，哦，她居然已是这里的居民了，游客们正在拍她。她从未在这里遇见过来自家乡的游客，有一次她听见楼下有人说着乡音在拍照，就好像是她看多了美剧，她戏剧性自娱自乐半真半假地说：哦他们来杀我了！

托拉古堡建于1100年，如今依然保持着中世纪的样子，古老的城堡、木屋顶或砖瓦屋顶的石屋、特色小巷拱门、岩石洞穴、中世纪的城墙……这位走在其中的头上裹着高高的白色头巾或者浴巾的女子，灵感来自刘星发给我的周迅的照片，其实每次我想描述住在这里到底是一种怎样的感觉时，都觉得有些说不太清楚，好像我试图想要描述的，是一种既悲又喜的舒服……

5月的托拉古堡几乎每一天都明亮得像在一部电影里，这时我会开始见到冬天见不到的邻居，比如我的邻居Anita，她通常只在5月以后出现，并且总是在Davide的儿子Michele到我楼下叫我时出现。

刚才黄昏的时候，我去湖边，居然真的看见了一位头上裹着白色浴巾的女士开着车，我看见她开进村庄，我也看见她开出村庄。托拉古堡比我在上海见过的大多数的小区都小，这里有着我见过的最小的广场，而且到处都是上坡和下坡，进出一遍再加上去湖边散一个步，去瀑布边睡一觉，也要不了多少时间。

在这里，大家都在中午去小卖部，说是大家其实也就那么几位。在我去小卖部的路上我会遇到一位声音有些哑的男士，他经常坐在古堡附近跟住在那里的一位戴眼镜的男士聊天。小卖部隔壁是教堂，教堂的凳子上有时会坐着聊着天的邻居们，其中有一位男士经常带着他的小狗。偶尔我会在那里见到原来小卖部的主人安托尼奥（Antonio），我们每次都会聊一会儿，尽管我们听不懂对方的语言。

我设想女主人公在疫情前后，经历了一系列微小的史诗般的个人奋斗，她所接受的挑战对她认知的摧毁程度是骇人听闻的，到底是哪些事情倒是并不一定那么重要。崩坏总是从人际关系开始的。除了她的闺蜜，大部分的朋友、熟人都不再在手机里跟她说"你好，谢谢，收到，再说"了，无论是在国内的，还是在国外的，有能量对她礼貌的朋友似乎也不多了。在小村住了三年之后，大家开始把她当成了小村的村民，时而羡慕，时而厌恶……在看到了太多别人的痛苦以后，她渐渐地不再在乎这些事情了。

此时我捧着电脑坐在屋顶，我面前是粉红色的云，墨绿的群山，此时的湖水已是灰色，因为夜晚即将到来，月亮将要升起来。这里的光线就像这里的食物，很戏剧性，但同时又很亲切，丰富而自然。我的耳边是各种鸟在唱歌的声音，邻居们聊天的声音，他们的广播的声音，以及远处的摩托车的轰鸣声……我设想我们的男主人公就在其中，他在一家出租车公司当司机，以前每次女主人公从上海到罗马，都是他去机场接的。他说托拉古堡虽然离罗马很近，但是大部分罗马人其实并不知道这个地方，他知道这座中世纪村庄是因为他喜欢骑摩托车，很多喜欢摩托车的人知道这个地方，因为这里有很多弯曲的山路，很适合飞车。

我买了松茸吊汤，太鲜了，炸藕夹、清炒嫩菠菜。松茸不用切，直接洗净，先用姜片炝锅，煎胡萝卜，再放入三朵松茸，稍微煸炒，淋少许齐善斋蚝油（或者李锦记一品鲜），加入一碗半的纯净水，水开了拧小火慢炖二十分钟，再加入挂面几缕，挂面熟了撒点儿盐、枸杞子出锅……

晚上我先包了荠菜菌菇马蹄的馄饨，剩下的馅料，又重新和面做了京东素肉饼，青菜绿得都看不清层了，其实里面有几层呢……

这是你那里的月亮啊，沧海月明珠有泪。我们的晚餐有豉油椒圈，麻酱茄泥，洋葱炒蛋，焌炒红菜薹，炒胡萝卜丝，葱油拌面，花生南北杏豆浆……

我设想这个故事的男主人公是一位帮助女人公的意大利青年，他不会说英语，女主人公不会说意大利语，他们用翻译机交流。他会帮女主人公在罗马的中国超市买食材带过来，他有时也会帮她在邮局办事，小村的邮局让她崩溃，她每次都把这些事情搞得很大，并且觉得生活在这里是不真实的（或者是因为过于真实，她不熟悉）。他们每次都会在图兰诺（Turano）湖边见面，其实图兰诺湖也不是真的，它是人工湖，2021年时，当梦幻的湖面退潮时，考古学家在这里发现了十二处墓穴。

我设想男主人公是那种女主人公很久没有见到过的男性，他拥有完整的人的情感，能够接纳自己，同时还有足够的心量，给予别人善意的温柔、充分的关注、对等的交互。我希望他们之间的友谊，揭示了那种普通的、饱满的、热忱的、爱的灵魂所拥有的能量。他们谈论疫情期间的死亡，当女主人公困惑于文化不同的人是否可以为死者祈祷，男主人公说：当然可以，我想那就像死者已经重生了，而你请他喝一杯热茶招待他⋯⋯

我也设想过女主人公的职业，起初我希望她是一个退休的夜晚的工作者，被禁足于安特卫普的公寓，于是开始写日记，回忆深圳小天鹅饭店的上海菜；或者是她是一位受过良好教育的年轻而天真的夜晚的工作者，因为所受的教育，使她找不到客户。我也设想过男女主人公是在罗马的一个创伤障碍后遗症聚会上认识的，当他们在湖边谈论创伤时，经常会说"哦疫情比起这些算什么"，但是后来我觉得，幻觉和真实是同时存在的，就连"创伤"都是一个和真实同时存在的幻觉⋯⋯

无论是怎样的季节，女主人公都很享受散步去Cascata delle Vallocchie瀑布，在不同的季节它的颜色和气味是不一样的。5月是最绿的时候，途中她会喂猫，有一只猫跟她关系特别好，它其实一直要向周围的猫们炫耀她对它并且首先对它好，只是她一直不敢摸它（因为她的洁癖），有时它会陪她在泉水边坐一会儿，有时它会送她一直送到它觉得不能再送的地方，它是一只黑白花纹的瘦瘦的猫咪，跟村里的那些猫不一样。村里的猫脸都比较圆，它们吃意大利面的。她家隔壁有一个流浪猫聚集点，她还是保持在上海午夜出门倒垃圾的习惯，在这里午夜出门倒垃圾时，常常会有一群猫在月光下陪着她走⋯⋯

她定期会跟北京的闺蜜聊天，除了聊食物，她们当然会聊其他的话题，尤其是那些令人费解的有关人际关系的事情，她们说这些话题的时候，时而尽心，时而小心。

…… 邵洵美长得清俊洒脱，有股冲逸之气啊！试从静里闲倾耳，遍觉冲然道气生。

我觉得那时候的上海可能荟萃的全是各地最有意思的人，最有意思的灵魂都会聚在远东 ……

你用一点油煸炒洋葱碎，等洋葱碎稍微变色，关火，倒入一勺酱油，用余温把酱油烹熟，用来拌面很好吃，或者拌馅。

嘿嘿，这样就很香的，注意火开得不要太大，别把洋葱煸煳了 ……

烙饼的面要和得软一点，如果黏手就抹点儿油，要擀得均匀，才能好吃。

这个面用的温水和的，一点点加水，用筷子搅拌成面絮状，直至成为一个极软的面团，抹上一层油，饧面两个小时，手上抹上油才能从盆里取出，得软到一定程度做出来才好吃。

我设想我的女主人公一直在努力研究怎么在这里做出好看美味的馅饼、锅贴和馄饨，但好像也不是为了给自己享用的。她把做好的吃的装在几个塑料盒子里，这些塑料盒子是她买小卖部的冰淇淋时攒下的。是啊，在这里什么都很清楚，一年喝了几罐碳酸饮料，吃了几盒冰淇淋，都很清楚。

对于我的女主人公来说，通往Cascata delle Vallocchie瀑布的这条小路，它所包含的一切都给了她温柔与爱。她也喜欢图兰诺湖，她在心里也喜欢和关心面包房Forno Orsini的主人Maria，她也喜欢村口的餐厅La Riva del Lago，老板长得像《黑道家族》的男主角，总是对着她笑。去湖边会遇见人，而这条通往瀑布的小路通常整个山谷只有她，有时她会在瀑布边的山上铺上塑料布睡一觉，睡时她的侧面就是拉齐奥秀美的群山，有时她会在那里看几页 *Grand Shanghai* 和《一位名人卧病在床》，除了固定地会遇见做奶酪的邻居、种地的邻居、小卖部的邻居，偶尔她会遇见询问瀑布在哪里的路人。最近一次，她告诉了一对恋人瀑布在路的尽头再往下拐，说完没多久，她就在自家门口又见到了这对恋人 —— 这里就是这么小，但却如此奇妙！我们不知道女主人公把好不容易做出来的馄饨、馅饼、锅贴带到那里给谁，我设想那一切饱含一种倾诉、纠正、耐心、练习的概念。

1

好久没出去玩了，刚才谈完工作去24小时店吃比萨。如果说住茂名南路有什么坏处的话，那就是我经常会穿着很乱七八糟的衣服上街碰到穿得很趴体的朋友。已是午夜，我的脸都没洗，最近忙得昏天黑地的。在小小的比萨店看着喝醉的人来来去去进进出出，我再次感叹这些人每个周末都出来玩，都几年了怎么不会厌呢？正吃着比萨，Buddha Bar的老板Julian打电话来问我在哪里，说他们那儿很多人。Buddha Bar就在比萨店对过，原来的dkd现在已完全变了样，二楼改成了玻璃地板，我可以坐在二楼看一楼跳舞的人们的头顶。二楼的设计像一张大床，所有的人都坐在玻璃床上或者站着或躺着，灯光有明有暗，有红有黑，特别舒服，所有的人都很高兴。在这里每个人都很放松，也没什么男女之事，至少看上去是这样，每个人都很享受自己的舞蹈，在这里每个人都是朋友，在上海可以找到这么一家小小的店真不容易。这里就像一个家。北京、上海、巴黎这些地方的跳舞俱乐部都越来越不好玩，可能是一种新的玩法很快会出来，在这种情况下能找到像 Buddha Bar 这样的地方，这样的夜晚，这样的到早上都不愿让音乐停止的地方，可真不容易。

2

晚上，茂名南路的Julian在出租车上。

车从法租界出来，进入隧道，开到了浦东，那时陆家嘴没那么多高楼，有一个金茂凯悦，走世纪大道到杨高路，路很黑暗，然后再进一个小的隧道，再走三条街到芳甸路，那时芳甸路东南西北四个角落都是工地或者空地。车开了仿佛很长一段时间，仿佛都开到了乡下，一个完全不知道是哪里的地方。

那里有一些很新的楼，但一点声音都没有，有一幢楼的门口有巨亮的白色的灯直接射向天空，然后看见一个彩虹颜色的水灯，看见一个像酒店大堂一样的地方，走上楼梯，来到二楼，有地毯，有一点点音乐的声音，声音一点点大起来，那里有一个接待处，门口有两个保安，那扇门仿佛永远都是关着的，只有老板D和他的VIP客人能进，接下来拐一个弯进入黑的走廊，那里有一排蜡烛，有一扇安静的门，门打开，巨大的音乐声，迎面一个圆形吧台，玻璃楼梯，楼梯口有投影，这是一个五到七米高的有很多玻璃和六个投影的场地，包括屋顶上一个巨大的投影……所有的人都在跳舞，大部分都是中国人，穿着也比其他夜店讲究，这个地方叫Club V。

Julian站在那里，一些人从不同的方向跟他打招呼。
有人过来跟他说：那个英国大卫对他前几天的行为感到很抱歉，这是他送你的小小心意。

Julian惊讶的表情：银行家怎么有那么多神经病？那次胡闹的第二天他还给我写了一封非常正式的诚恳的道歉信！他怎么那么分裂？

Club V的老板D是一个加拿大华人，他长得就像一个趴体。此时英国人Andrew Bull和Babe Face的老板香港人Jimmy Lee在他的办公室聊天，Jimmy说：茂名路才刚刚开始！

过了一会儿，英国人大卫也来了。D打电话给大卫，大卫边讲电话，边走出俱乐部，来到静悄悄的大门外，继续讲着电话，穿过一个小花园，走过一排排静悄悄的别墅，他甚至都怀疑自己迷路了，最后他来到一栋别墅前，他打开门，这是个小趴体的地方。

大卫在这里显得有些无措，他拿起电话打给威尔，他跟威尔说：我叫司机去接你。到了你电话我，我告诉你怎么走过来。

香海女孩蓝突然出现在大卫面前，大卫刚进门时看到过她，蓝是那种过于完美的美人，每一个部分都像是雕刻出来的，但是怎么看都看不出雕刻的痕迹……蓝直接把大卫拉到一个角落，她亲了他一下，大卫一动不动，被吓到了。

明星DJ结束了演出，一些人跟着他来到了别墅，老板D也来了。
威尔到的时候大卫已经在跟D聊天了。
D试图在跟大卫分析他最近在做的收购案。

威尔看见了蓝，背景音乐显示威尔立刻就被吸引了……
蓝戴着一对白色的耳机，边听着自己的音乐边跳着，她看见威尔，慢慢跳到他面前，把耳机给了他。

蓝的家。
威尔边摸着蓝的长发边说：我不理解你。
蓝站起来，看着威尔。
威尔看着蓝站在那里，他从未见过如此的杰作。

蓝：给我一支笔，我应该记下来你刚才说话的样子，哈哈我不能动，因为一动就会忘记了。
蓝笑着：现在我也是作家了！

The Lady From Shanghai 是一部1947年的电影。由奥逊·威尔斯导演，主演者包括奥逊·威尔斯自己与他当时已经离婚了的第二任妻子丽塔·海华丝。这部电影改编自舒沃德·金（Sherwood King）1938年的小说《如果我在醒来前死去》，在这部美国黑色电影中，"上海"是作为一个形容词存在的。

在黑色电影（film noir）中，毒美人的主题反复出现，她们通常被描绘成诱人且具危险性和欺骗性，毒美人利用魅力来影响男主角。这些女性增加了叙事的复杂性，创造了道德模糊和某种腐败的感觉。复杂性让女主人公们栩栩如生，她们可以好也可以不好，好或者不好能量都相当强大。

我们可以创造一种香海黑色电影，香海黑色电影有更多的非线性叙事，更多的混沌和不确定性。香海蓝是东方的，她不同于通常意义上从西方看东方时的那种东方，她也不是摩登绝望的男人的玩具，如果读者对故事有期待，蓝美人就是为了破坏这种期待而存在的。

拍电影、出版小说都是一种祝福，人们不应该利用这种资源总是创造一个线性故事，并且人们总是没有新的故事，每个故事几乎都是一样的。一个线性故事的高手会让你相信所有的事情都讲清楚了，而我们都知道现实不是那样的。现实是易于变化的，而所有人的痛苦都是一样的。

在本世纪初，围绕着一起收购案，大卫、威尔、蓝，以及各种他们身边的人物，共同经历了一系列类似黑色电影故事中的灾难。到底经历了怎样的灾难倒是并不重要，总之他们渐渐地熟悉了那些潜在的障碍和必须守护的秘密，并为失败和背叛做好了准备。这个故事的出口是，最后作为一名靠夜晚谋生的角色，蓝在香海灵魂郊区的夜总会与演员相遇，但这不并像通常黑色电影里的那些忧郁浪漫的时刻。

在香海的夜晚，演员时刻在工作，所有与他配戏的女子其实都由同一人扮演，来自香海的女人，象征着一种内心体验的维度，可以永无止境，如天空那般……你看，所有的事情在这里既是存在也是不存在的，存在和不存在总是同时存在。如果你接受这样的悖论，这个游戏就适合你。

3

我第一次听到在线社区的概念是在我本溪路的公寓里，当时法国人法兰克住在我家，某一刻他在阳台抽烟时跟我说：现在有一个很有趣的事情，有一个地方叫"第二人生"，那里有自己的货币……后来中国艺术家曹斐在"第二人生"的社区做了"人民城寨 RMB city"，人民城寨是一个浓缩了几乎所有中国当代城市特征的新城，我推荐大家在2022年回去那里参观一下。

"第二人生"游戏自2003年启动以来，创建账户达7300万个，目前大多数用户已不再使用（每月平均用户量在65万至90万之间），2022年通过搜索邮件我搜到了我的化身在人民城寨的位置，那里依然有我写的情书。

我爱你，比昨天多，比明天少。

性只是一些美妙的药水，在一个长长的黑色的白天之后……

我：如果让你选择一种方式，一个入口，可以进入虚拟的上海，或者说可以进入一个与上海有关，像上海又不完全像上海的虚拟现实，你会选择怎样进入？

甘鹏：夜空里我们所看到的星星，光芒来自无限遥远的所在，有些星光抵达我们视线的时候，在宇宙深处这个星球本身已经消失了。那么曾在上海产生的电波、光波、文字、思想，还有人与事……那些消失了的是不是其实也没有消失？它们在宇宙深处飞往黑洞的途中。20世纪40年代的上海的无线电台发射出来的电波，在地球上已经不存在了，但在宇宙的深处还飞着，它们与过往上海有关的灵魂、精神、思想，一起在飞向黑洞的路上，构成了一个叫作"Shanghai ××"的星球，这种星球不是我们已知的星球实体，更类似于一种精神的所在，我想用我的思想在那个"Shanghai ××"虚拟星登陆。

我：你会想进入一个怎样的虚拟的上海？

甘鹏："Shanghai ××"虚拟星由电波、文字、想象，以及某些光波构成，在这个虚拟的星球上，25岁的阮玲玉和开着轿车的胡蝶永远青春，《太阳帝国》的作者J.G. Ballard还是一个家在上海哥伦比亚圈的男孩子。时空被折叠后再展开,因而无边无界,所有这些与上海相关的可爱的人会一起讨论20世纪30年代玛德琳·黛德丽演出的《上海快车》、20世纪40年代秀兰·邓波儿演出的上海为背景的电影、20世纪80年代由麦当娜和肖恩·潘一起演出的《上海惊情》……黄柳霜在"Shanghai××"虚拟星上更是一个类似爱美神的存在。

甘鹏是专栏作家也是老上海文化的"疯狂者"(他不让我说他是专家),而且他"疯狂"的角度常常与人不同。我曾多次建议他在自家的客厅录制谈话节目,专门说文艺往事,以及他与那些传奇人物的会面。甘鹏现在的家离我上一次在上海的临时住处只隔一条马路,那时我住在华山路,出门去超市就能到他家。

我:最近一次与上海有关的记忆是什么?

金石:农历年前,在重温施蛰存、穆时英的新感觉派小说,看着看着,索性买了顶蓝色的报童帽,这和一个幻想有关。

我:如果让你选择一种方式,一个入口,可以进入虚拟的上海,或者说可以进入一个与上海有关,像上海又不完全像上海的虚拟现实,你会选择怎样进入?

金石:我会选择在百乐门的入口处停留,这是我进入虚拟上海的入口。我想邂逅我心中的金大班,我想她至少要比白先勇笔下的那位，清瘦许多，梳着丸子头。我会乔装改扮成买报纸的人，这也是我买报童帽的理由。我想和寺山修司一起去，我要告诉他以上海为背景，可以拍一部电影……

我：你会想进入一个怎样的虚拟的上海？

金石：那会是张爱玲式的上海，也可以是夏目漱石眼中的上海，也或许是魔幻现实主义的那种。

我：在虚拟的世界里，你会如何命名你的货币呢？比如我的货币叫Super Candy，它的价值是一个苹果。

金石：用糖来做交易，价值一颗柠檬。

金石：猫的城市和人类的城市是一个包含着另一个的，但它们并不是同一个城市。只有极少的猫还记得那段两个城市之间没有差别的岁月。那时候，人类的街道和广场也是猫的街道和广场，草地、庭院、阳台、泉池也都是共享的。那时候，大家都生活在一种宽阔而多样的空间中。摘自卡尔维诺《马可瓦尔多》。好的城市，当如是。

金石去年过了30岁生日，但是记忆中很多年前他就跟我说很大人的话了。他是研究戏剧的。我重复地说着有关他的事情是，在大疫情期间，当时我住在安特卫普的爱彼迎公寓，有两个晚上（也就是中国的早上），在同样的时间他转发了一篇同样的文章，那篇文章是说邵洵美在提篮桥监狱的往事。我记住是同样的时间是因为，安特卫普每天午夜时都会有一辆有轨电车从我楼下开过，他两次都是在那个时候转发了同样的文章，当然也有可能我记错了。

第
十
一
章

1

星期四还有这么多人出来，到了2点全出来了，真不知道他们从哪里冒出来的。我坐在Buddha Bar是因为我找老板有事，还因为我在这里喝什么都免费，而且已经免费了三年了，这里有好的音乐，也暖和，坐在这里想想我新书的事情还算不错，眼睛看到的都像电影一样，这里真好玩。

要过年了，朋友们有的要去云南，有的要去海南，有的要回家乡，所以昨天晚上说好了大家年前再聚一次。昨晚在虹桥路延安路的"台风"有一个趴体，名字叫"大开眼界"。听名字你们就知道它的灵感来自那部电影。策划者还是"天堂制作"，与上次松江影视基地是同一策划小马达。趴体上的鸡尾酒很好喝，小马达花尽心思在趴体上追求完美，我们都玩得很开心。上海好久没有这种端着鸡尾酒并且如此放松的趴体了，每个人都性感，还听到了我喜欢的歌

《完美的一天》。

今天又参加一个朋友做的趴体，在建国宾馆四楼，策划是光头Vic，现在上海的趴体有私人趴体倾向，就是说策划者也不打算赚钱，甚至做好准备赔钱，但是来玩的都是朋友，彼此都了解，彼此趣味相投，这种趴体纯属为了友谊而做。今天的DJ仍是北京的DJ DIO，场地里的服务员全都戴上了发套，那些毛茸茸的大头套真好玩。要过年了，大家举杯祝贺，并且用舞姿彼此打招呼。上海的趴体现在越来越讲究细节和物以类聚了，而且越来越多的赔钱趴体，好像花钱只为跟朋友一聚。

2

大卫和娇兰这两个英国人每次约会都在那些浦东的高楼里，有时他们会在其中的某一家酒店里过夜。娇兰是会说中文的律师，可以设想由于她的自以为是，之后她给大卫带来了很大的麻烦。此时，他们渐渐地越来越熟悉对方，但是大卫不把娇兰带回自己家，就好像说清楚了自己并没有打算把娇兰当成女朋友，大卫就是会这样盘算的人。

在某些时刻，大卫会要求娇兰抱紧他，他会跟娇兰说"我爱你"。但是过后不久，他会立刻说明自己希望找一个完全不知道自己私生活很乱的女人做女朋友。今天大卫又说了类似的话之后，娇兰想了一下后用漫不经心的口吻跟大卫说：你是那种最无聊的男人，你想要一个不知道自己很乱的女孩做女朋友，是因为你可以骗她。

黄昏，灰色的天空。

从浦东某间酒店房间出来的娇兰，一边在等车一边自言自语道：这太荒谬了这太荒谬了！

大卫打电话过来，他在马路上边走边说电话。

大卫：我仔细考虑了你说的话。

娇兰：什么话？

大卫：我觉得我确实是个挺无聊的人。

娇兰停了一会儿：你被这个城市宠坏了。

雨夜。

乍浦路，英国人安德鲁（Andrew Bull）（当时）管理的夜店China Town。

娇兰看着大卫就像看着一个混蛋。

大卫正和几个女孩喝酒，谈笑风生。

大卫：男人往往需要花很长时间来训练他们喜欢的女孩在床上的表现。

威尔与娇兰坐在一起。

威尔试图让娇兰别那么伤心，因为她好像爱上了大卫，而大卫总是在她面前和其他女孩玩。

娇兰：你能相信吗？这个男人刚刚，就在今晚，送了我一件特别美的礼物，他刚刚让我感觉很幸福，却立刻叫来了一堆女朋友，说着这些乱七八糟的话，我真不知道这个男人在想什么，我真的太好奇了他是怎么想的！

威尔：你就没想过也许你从没爱过他吗？

娇兰停了一会儿：什么意思？

威尔：因为你总是对我说，你不知道这个男人是谁，你总是这么说，也许你只是好奇。

威尔压低声音：也许他只是希望自己能与众不同。

法国青年法兰克也在。

法兰克：我曾经每个星期都去淮海路普希金雕像旁的一个饭店跟一些俄罗斯朋友见面谈话。

威尔：你们都谈些什么？

法兰克：法国文化！

广东路，M餐厅。

穿着黄色小礼服的香海艺术赞助人和演员站得很近，都略微地低着头，他们的样子就像是那种被固定的永恒的一幕，背景音乐是M餐厅经常放的古典音乐，你甚至能想象经理 Bruno 正在他们身后来回忙碌着……

艺术赞助人：我终于看了你的电影了。那女孩总是在等电话。我还记得第一次看这一幕时的情景。她看着镜子里的自己，我感受到了那种感觉。我fucking感觉到了！

艺术赞助人：这完美地再现了我们在最困难的关系里不得不面对的情况。非常戏剧化、不健康、非常激烈、绝望、法克特阿婆，但也非常真实和诚实。她似乎在告诉我们，爱是无处可逃的。我们必须经历各种关系，才能变得纯洁和安全，我们不应该逃避生活，我们应该经历生活。我们活下来了，你看，我们活下来了，因为我们是女人，富有同情心的女人，坚强的人类……

演员听着她说话，间或低头抚摸着手中的摄像机。
渐渐地，演员细密的睫毛温润起来，甚至有些心碎的表情。

艺术赞助人：你真的，是一个如此奇怪的混合体！
演员：我一直在调整我自己。

演员：那个电影里的女孩，只是试图在性方面创造出一个属于自己的与男人亲密的方式。对她来说，有些时候，性就像是滚烫的水倒在一个冷的壶里。或者，是一些美妙的药水，在一个长长的黑色的白天之后。

3

…… 黑暗中，那些像烟灰一样的睫毛渐渐透出光亮，项美丽弄到了一张特别通行证，雇了一辆卡车和十个俄国搬运工人，据说她一天之内十七次往返杨树浦路和法租界，把邵洵美的印刷机和书籍衣物从日军占领区抢了出来 —— 1937年的项美丽在往返于杨树浦和霞飞路之间的路上，是我想象的始终在进行中的虚拟香海场景，我愿意花很多货币请到作家、艺术家、音乐家、声音设计师、程序员，来向我们描绘这一场景。

接下来我还是会回到上海大厦、外婆桥、浦江饭店 …… 有很多年每次从市区回家我都会经过那里，经过那里回家总是让我感觉我是很特别的，或者说每次经过那里我就有一种快到家的感觉，在虚拟现实中回到那里并不是因为那里的历史，倒是那些历史在我看来像是新的。

1910年《上海社会报》上的一则广告吹嘘说：阿斯特豪斯（礼查饭店）是上海最中心、最受欢迎和最现代的酒店。1911年新修复的阿斯特以其大堂、特别的晚宴和舞会闻名，它刚刚修建了上海的第一个舞厅"孔雀厅"。曾经在1914年4月住过阿斯特的玛丽·霍尔向我们这样描述了她的经历：阿斯特酒店！我上次在那里是十七年前，在那里的经验超越了我所有的认知 …… 进入宽敞的大堂，两边是雪茄、糖果、香熏和其他摊位 …… 你很容易想象自己在伦敦或纽约，当你发现自己跟在一个穿着拖鞋和长衫的男人身后时，这种想法很快就被打消了 …… 房间里光线充足，空气清新，还附有一间浴室。傍晚时分的餐厅是一个华丽的场景 …… 餐厅的房间很长，主要的颜色是水蓝色和白色，中间是非常漂亮的嵌着瓷器的柱子，在炎热的月份，电风扇在上方吹着，餐厅两侧各有一条长廊，在繁忙的季节摆满了桌子。乐队每晚演奏 …… 男孩们穿着蓝色长衬衫，外面穿着白色的无袖短夹克，后者显然是正装，在早餐的时候就不需要了。白色长袜子上的黑色软鞋，以及用深色毛毡包裹的双腿，是这套风景如画的制服的点睛之笔。

疫情期间的足不出户，让我们更容易穿越各种时空，比利时朋友马西明跟我说，在他经历过的虚拟现实中，走路时看不到同行者的头部，但是可以看到大家的腿部，这还是有点奇怪的，尽管他一再说"这并不是什么未来，这就是普通的时刻"。

我问他如果在虚拟现实中我们一起喝茶,他愿意去哪里?他立刻回答道:我们在金字塔里喝茶。我说:那我们可以先在霞飞路碰面,然后边喝咖啡边谈论金字塔,接着我们就去了金字塔,可以吗?他想了一会儿说:可以,但是我只喝茶。

……而霞飞路的中心是在那中心的一段。在那里的衣、食与住都是比较精致的。一开头就有一个阿派门和一个咖啡间。那咖啡间的生意似乎并不好,可是至今还存在着。像生意不算坏的 Metropole 之类却反而早已关了门。这似乎在给人一个猜不透。更适合于坐坐的咖啡间有克来孟和小支古力店。克来孟的观瞻很堂皇,而且时常有国籍不一的很懂得侍候的侍女出现。要是想两个人小谈的,最好到小支古力店去。那里很幽静,而且位子又少。可是,虽然写着"楼上雅座"的,还是不要到楼上去。因为在楼上并没有侍女,要你上去了,她才会跟上去,灯也得临时开起来。你不免会有煞风景之感。可是要是你是想被隔离的,那是另一个说法,自然。

—— 林徽因《上海百景》

这一段写得真的很合适我和马西明,因为在上海我们俩去宋芳茶馆喝茶时,去楼上时也会碰到这样的情形。

香海女孩俞璐,唱歌,写诗,拍电影,她把工作和热爱都处理得看似很轻松和优雅，哪怕是很沉重的主题，她在说的时候就像已经离开了要说的，在各种有着她头像的广告牌闪烁的虚拟香海丝绒般的薄雾中，她既在这里又不在这里。在虚拟香海的趴体中，白天和夜晚同时存在，音乐可以更细致的选择，也可以只分成"高、中、低"，浪漫史的成住坏空在这里同时发生 ……

疫情期间，住在古罗马小村的我，很容易就可以去到各种时代，比如有段时间我一直在听肖邦和拉赫玛尼诺夫，我还喜欢看各种旅行节目和音乐频道，看各种留言区的留言，对此生没有经历过的时代和情感以及地点产生怀旧和乡愁 ……

在幻想虚拟香海时，首先想到的是雨天，或者冬天的夜晚，久违了的恋爱的氛围，东大名路888号，2号楼的32层楼顶，一些人已经在那里了。

夜很深了，一些戴着面具的人围着火炉在那里编故事，屋顶的风很大。蜜斯香海在面具中慢慢地穿来穿去，音乐是19世纪的，每次播放到贝多芬的曲子时，屏幕上会显示"by god"（灵感来自一个我经常听的频道ultravclet），这里有很多俞璐，有很多种情景可以选择，每一种情景配有一张歌单——"你在一个化装舞会上，跟你的敌人跳舞 ……""你爱上了一个虚构的人物 ……""你是一个无可救药的浪漫的人 ……""你正在19世纪的化装舞会上跟主角跳舞……""你终于回到了过去，感觉好多了……""你们午夜时在厨房跳舞……""我曾经深深地爱过，我可能在将来才能说这些事情……""所有的记忆都会来了，当你遇见了以前的爱人……"。

每一种情景，每一张歌单，都是一个社区，这里有很多人在聊天，也有一些按钮需要大家共同操作，改变环境……

嫉妒不是害怕失去，而是害怕分开。

不要嫉妒。

就刚才这句话，这样的口气，这样的感觉，好像以前发生过，跟你在一起，经常有这种感觉，好像好多事情以前都发生过，发生过很多次。跟你在一起总是不断地重复，但又完全想不起来重复的是什么时候的事情。

如果我们不必每次去重新辨认彼此是谁，那么我们肯定可以活得不那么累。

你知道上海缺什么？上海就缺大海。我需要经常在沙滩边坐坐，有蓝色的天空，好朋友坐在身边看书，我在那里晒太阳，发呆，什么也不想。休息，我需要休息。

今天早上我看到天上的云，我觉得那团云就是龙，后来它一路向东方移动着，还是保持着原样，那天我还看到和天使一样的云。

十一

我：最近一次与上海有关的记忆是什么？

宋逖：上海对我而言依旧意味着音乐。比如上周我就一直在听曾在上海的作曲家胡书翰发来的她为法广委约的新作品。还记得上次来上海见她是为了德国的ECM唱片展。或者上上次，在上海棉花俱乐部看爵士乐现场。

我：如果让你选择一种方式，一个入口，可以进入虚拟的上海，或者说可以进入一个与上海有关，像上海又不完全像上海的虚拟现实，你会选择怎样进入？

宋逖：那当然就从我的一首诗进入。比如这首《配眼镜的女作曲家在上海 —— 给胡书翰》。我写道"来自前南斯拉夫的眼镜师说着纯正的上海话"，而这可能是1937年的上海。

我：你会想进入一个怎样的虚拟的上海？

宋逖：想起上海，我总是会想起十年前在大自鸣钟市场买唱片，第一眼就认出了同样在淘碟的孙孟晋。这是在大上海。我头一回来上海，就能"邂逅"音乐圈的朋友。这是巧合还是奇迹呢？

我：在虚拟的世界里，你会如何命名你的货币呢？比如我的货币叫Super Candy，它的价值是一个苹果。

宋逖：今天的我已经彻底进入"胶佬"的世纪。如果可以有"宋逖币"的话，那就命名为"LP币"或"胶币"。那是对我爱乐时光的回报，一张张黑胶唱片的平行宇宙世界，它的价值是一张黑胶，一场远东的上海之雪，一句诗或爱人依旧凝视的眼睛。

诗人宋逖在有关虚拟香海的交谈中，也像他写诗时那样，他会在诗中虚构与他喜欢的音乐家、诗人见面的场景；也许还会虚构他喜欢的音乐家、诗人的作品的名字。他的诗像"蒙太奇般的电影"，他在诗中与他喜欢的音乐家、诗人一起"拍电影"，他一直就与他们生活在一起，他为自己和他们用诗歌建造了一座开放的宇宙。而上海，也像他脑海中的一个"平行宇宙"，他一次次在诗歌中回到上海！

J.G. Ballard 说过：我有时会想，日常的现实是不是这个城市中缺少的一个元素 ……

对于某些人来说，上海是一种象征，上海是文学性的。世博会那年，2010 年 5 月，在《幻城迷航》的最后一段，宋逖写道：那么我愿意做那个在上个世纪 30 年代去排队购买周璇唱片的人 —— 那个时候她尚未成名，而我还没有出生。就是这样爱你 —— 上海，我的上海。

宋逖有着大量的唱片收藏，我记住了这一情节，因为我很想与宋逖回到 30 年代的上海一起排队买周璇唱片，在虚拟香海，有很多人愿意一起排队买周璇的唱片，有很多的谈话可以在那时被点亮。

1

现在似乎每个年轻人都在过圣诞节。我的电话的短信有圣诞节的祝贺，这是个新现象，去年好像还没有什么手机短信祝贺。好朋友大多先是在家里开趴体，在金茂开房开趴体，在车上听着音乐趴体，到午夜之后才会去一家又一家的俱乐部。DJ Bobby 打电话来，问他在干什么，他说在车上，在阿咪的车上。上海的老外走了很多，所以今天外面还会有很多人吗？再打电话问问，DJ Bobby 在金茂的房间里趴体，香海阿咪和女朋友在家吃火锅，金钟跟周末时差不多。DJ Bobby 说圣诞节平时出来玩的人其实都在家开趴体，今晚很多生面孔在外面趴体。

2

黄昏。

演员踏着戏剧性的脚步躲开风的干扰，小心翼翼地来到他的女朋友的身边。

在光明与黑暗之间，演员的脸与身体，传递着春夏秋冬，四季轮回。

他快速走进他们的家，戴着顶无与伦比的帽子。

他们丝绸般的皮肤，梦一般的害羞气质，他们的声音，他们的呼吸，他们的动作，是情欲，也是敞开的心和信心。

只有在这种时刻，他们才会说"我爱你"。

无论生命多么无常，他们相信说"我爱你"。

有关这一点，他们是最初说好的，那就是完全相信自己能做到这样的爱。

当两个人不知道方向的时候，这个世界是有问题的，解放从（相信）爱中来。

3

假设让我来设计线上的香海跳舞趴体，我会很简单地使用一张有当年青海路上的Mazzo的牌子的照片作为入口，屏幕上会弹出一些窗口、照片、关键词……大家可以听到各种真实的回忆。

我可以让自己穿戴整齐地在金茂酒店房间的浴缸里，浴缸里没有水，我蹲在那里打电话，点进去就可以听见我的声音，说的都是我二十年前的想法——去电音俱乐部玩可以看到很多有趣的脸，就算"那些没什么意思的脸"也会让你觉得有意思，只要你愿意。这是夜店的特点，那就是你认为它是什么，它就可以是什么，夜店是一个像梦一样的地方。最近我越来越喜欢开私人趴体，我不要去人多的地方。所以，我决定去金茂（我的好朋友在金茂凯悦工作，如果我在金茂做了采访拍了照，她会给我一间免费房间，所以其实我从来都不知道金茂的房价是多少），6215不是套房，却可以拥有两面玻璃墙，站在浦东看浦西，新老建筑，高架，外滩，广告牌，以及空旷的浦东，这和在香港山顶看到的景象完全不一样，香港像钻石，而上海是一个舞台，舞台充满希望，并且带着空白感，这是非常不同的感受。我们在这里喝酒跳舞，看上海。到午夜时开始倾诉，或者发呆，或者躲在浴缸里打电话。窗外的地下有一只闪烁的大鸟，那只鸟很美，上面有很多小灯一闪一闪。大家一起等待黎明，黎明的6215房间很美，也很疲倦，洁白的光线照亮了整个上海和我们的小趴体，每人占领了一小块窗看着窗外跳舞……

我发现我有挺多这样的记录，这些记录里反复出现了上世纪末本世纪初上海茂名路上的dkd、Park97、广州Face Club的Jimmy Lee、上海的Mazzo等，各种流水账记录，比如永远的大男孩香海Dj Bobby半夜来找我去吃火锅，我去茂名路吃比萨接到dkd的老板Julian的电话要我去跳舞……

这样的记录是可以激发回忆的。我会很期待读到那些线上社区留言，如今我们如何反思那些年站在高处看着城市跳舞的情形？我也找到另外一些记录，其实十几年前我们就坐在茂名南路的dkd抱怨"一切不好玩了"……我记得金茂凯悦的电梯有一个跳动的X，有几次我们在金色的电梯中聊天忘了摁那个跳动的X，那时我经常说：未来是什么，未来就是这个跳动的X！而此时我想到的是作家胡昉在《寻找小津》中提到的电影《东京日和》中的那对老人，他们只是很简单地想去东京看望一次他们的孩子，但是他们没有想到这次旅途发生的一切都是始料未及的。

上海是那种神奇的城市，每个人都可以找到一个自己的香海。我在文字里试图接近、重复、深化我的版本，就像是在为一个叫"香海"的人工智能储存记忆，也像是在为未来某部时空并置的剧准备细节，我希望未来的人们可以使用这些细节，来让这些真实的角色烘托未来的虚构。

你在哪里？
我早上醒来时在想，我是做了一个梦，还是一个噩梦，很难说，我确实记得，现在想起来了。
谢谢你昨天来看我，你不知道这对我有多大的意义。

你永远的

SE

2002 年 2 月 24 日

这封信我在一个硬盘里看到的，大疫情后我在意大利的家中发现了一个文件夹，里面有一百多封 2002 年的邮件。这封信是美国的制片人 Simon Edery 写给我的，当时他在上海拍科幻美剧《平地》，他是这部剧的监制，现在想起来他当时肯定碰到了很多问题，但他从来没有跟我们说过。我记得这封信说到的那一晚是雨天，我们在剧组住的长峰大厦的川菜馆子吃了晚饭。

我和Simon是好朋友，到现在我们都经常通电话，有时他还会发给我一小段他院子里鲜花在风中摇曳的视频，这不是很普遍的。我们可以讨论所有的事情。前阵子我们说到电影《迷失东京》，我说不知道为什么当年没有看这部电影，而此时看着却觉得特别有共鸣。当年第一次听大家赞美这部电影，是在穆赫兰道旁的Simon家，我几乎看过科波拉所有的电影，她是我最喜欢的导演，除了这部一直没看。

Simon说：一部电影就是生活的一部分。就像你必须为生活做好准备，否则你就会错过它，生活以每秒24帧的速度从你身边经过，而你却不知道。我很高兴你已经准备好去看《迷失东京》。它是一种体验。它是生活的一部分。它是一部电影，但实际上它是一段生活。

Simon在上海拍《平地》的时候，他感觉已经忘记了的60年代旧金山又回来了，然后渐渐地，因为上海的生活，他开始再次忘记了有关旧金山的回忆。

我记得有一次，我在金茂最高那一层楼的酒吧看Simon工作，我看到穿着一身黑的丹尼斯·霍珀缓缓地走入片场，他的背影很高大，有点让人害怕。我们的好朋友 Miwa Hikita 是《平地》的服装，Miwa 说丹尼斯·霍珀的衣服不是她准备的，他一直就穿黑西装、黑衬衣，戴黑色的领带。Miwa 在这部剧中的工作很辛苦，我记得她背着好几个很大的包，那段时间她总是那样。那段时间 Miwa 经常去董家渡面料市场买面料，市场门口有卖生煎包的。虽然 Miwa 不吃肉，但是她爱吃生煎的皮和底部脆脆的部分。她常常一边吃生煎的皮一边逛市场，有时也会带朋友去吃生煎包逛市场，董家渡什么都有。那时的布料很便宜，还有裁缝，可以带着样子去找裁缝做，也可以做各种可爱的小袋子……

1993 年 9 月，当日本女孩 Miwa Hikita 从虹桥机场前往华师大时，她看到了尘土飞扬的道路、垂下的柳树和路边的西瓜小贩 —— 当时的上海都是棕褐色的，而她来自泡沫经济后的日本。在华师大留学的岁月里，她在小卖部用优惠券兑换的可乐，即使在夏天也是温热的，而嘴里的巧克力总是像蜡烛一样…… Miwa 觉得上海人喜欢新鲜事物，上海总是呈现出一种高度敏感，哪怕只是巧合。比如 Miwa 在时髦的迪斯科拿着扇子跳舞，第二个星期她就看见有人也拿着扇子跳舞；比如她在大冬天穿着迷你裙和长靴，开始本地人都觉得这是不可思议的，但第二年她就看到马路上也有人这样穿了。Miwa 发现上海人的基因中就有这种倾向，他们一旦发现什么是时髦的，就立即去尝试。

为《平地》剧组工作时，Miwa有一位助手和一位合作的裁缝师傅，她那时住在打浦路海华花园，裁缝师傅的小店在湖南路的弄堂里，剧组住在长峰大厦。那位裁缝师傅人很好，Miwa要什么样子他都答应做，尽管他一直在说：Miwa小姐我知道了！但实际上，他时而做出很好的衣服，时而做出"什么都不知道"的衣服，他用的拉链质量不好，不知有多少次Miwa收到从拍摄现场打来的电话说拉链坏了，那时Miwa的助手经常在现场拼命地修拉链，修好了又坏，最后Miwa跟师傅说：你用好点的拉链YKK吧！但是，Miwa还是觉得跟蒋师傅一起工作很好玩，他通常把做好的衣服统统放在一个大袋子里，他们在演员的住处碰头，一起给演员试衣服。

二十年后，Miwa依然住在香海，她曾经说过上海是她的情人，如今在视频号"日本美妆达人Miwa老师"里，她依然那么美，美得清透自然。说到当年为剧组做衣服的裁缝，Miwa说：这是很好的回忆！他姓蒋，蒋师傅，真的是外星人！

记录这些细节我觉得很有意思，比如Miwa当时（2001年）住在与她曾经很相爱的人一起住过的公寓里，那时他们已经分手了，那时Miwa开始有了Funky，一只灰色的小猫。与Miwa的爱情故事很有关的地点是1221餐厅，现在是2022年了，1221餐厅已经没有了，Miwa喜欢那里的糖醋酥藕饼……

那些年有一些很有趣的人到中国来做了一些似乎并不那么有趣的项目，或者说他们所经历的生活远远比他们做的项目有趣！而我感兴趣的是他们当时生活的细节，比如制片人Simon Edery，我想他当时应该有着多种生活，作为制片人他得面对好莱坞和上海；作为我们的朋友，他认识了各种上海文化艺术青年，他一定有着一些我们不知道的上海生活。这就像昆汀在北京拍《杀死比尔》时，有一次周末他从上海人李亨利的88号俱乐部离开以后，有几十个小时谁也不知道他去哪里了……

1

今天是我的生日。应该是昨天晚上十二点开始过，但昨天我实在是太多事情没做，没办法开趴体，可是昨晚接到电话说王朔要出来玩，所以突然决定开趴体，在这之前拼命做事情，给荷兰出版社发照片，跟意大利出版社确定机票，做意大利记者的访问，洗澡……所有的事情做完又听说王朔出不来了。但是朋友们都到齐了，所以就趴体吧，我边玩边想着今天一大早要去签证，我想着意大利领事馆门口永远有一百个人在那里等着，我越想越烦，根本玩不起来。如果我的意大利签证有问题，那么所有的事情都会取消。我有那么多事情没做是因为我天天都跟朋友们在一起玩。我是幸福的，同时又是精疲力竭的。

今早我8点就去排队签证，站在那里我浑身疼，11月我还要去罗马，我真的不想去了。签证之后我打电话给蔡黎洁去吃早饭，吃早饭的时候我看见外面下雨了，雨越下越大，我说：你看，今天是我的节日，下雨了。我说过我所有重要的日子都会下雨。我已经满足了。我打电话取消了今晚金茂酒店的房间，因为我今晚不想开趴体了，我要睡觉，好好睡一觉，我不要新的一年那么累，雨和朋友们已经为我庆祝过了：生日快乐！

说过今天不过生日了，大家一起吃个晚饭就行了，结果吃饭途中收到电话说是王朔又要出来了，真的想跟他一起玩，结果大家又一起去了Park97，结果王朔又出不来。但是大家又一次全都到齐，我又得过生日了。我就是不明白为什么我的生日王朔捣乱了两次，他打乱了我所有的计划，我打电话给他：你什么意思？从昨晚十二点以后到现在你两次说是出来两次都没来！他说了身不由己的原因之后问我们在哪里，我说：我再也不告诉你我们在哪里了，因为我再也不要大家的计划被你打乱了。我们实在没地方去，人太多了，我们去了钱柜，接着又去了朋友的一个地方，是在莘庄，城市最后的秘密仿佛都在这里，音乐差到最差，但因为是朋友的地方我们没办法，一起去的武拉拉对我说：记住这音乐，我们可以跳！

我分析了一下今晚的"拧巴"音乐，它全是同一个非常简单的节奏和音色，这就是为什么那么多人会喜欢它，因为它非常简单，不用动脑筋和感情。到早上的时候，我实在受不了了，因为厕所太脏，我两次进去都害怕地出来了，明天我还得再次去办理签证，我有足够的理由离开。最后我们的车开在清晨凉凉的阴天的上海。风吹过来很舒服。好像要下雨了，难道我的生日就要一直下雨吗？最后一起搭车从郊区回来的男孩下车时，我说：你还没祝我生日快乐呢！

2

凌晨4点半以后，从乌鲁木齐路钱柜卡拉OK到北外滩，车上。

白色山茶花开着车，演员坐在他身旁。

他们的车经过延安路高架那个著名的拐角，飞过外滩，闪过上海大厦，开过外婆桥、浦江饭店，来到东大名路。

在北外滩被开发以前，这曾是条让时光倒流的路线，把上海分成了这里和那里。

演员慢慢地开着车，看着正前方。

车上的音乐是Joy Division的*Eternal*。

当我们断气的时候，记忆停止了，眼睛依然还有作用，可能4个小时。

心脏也是，你可以感觉周围的情况，之后像是做着噩梦。

这是很难把握的，我觉得我们需要理解现实，而不是知识。

死亡的时候，你曾经的积累，对未来的展望，都会在那里被混合和塑造，那个时候你要更注意混合和控制的能力，要有能力选择自己的道路，这样才不会迷失。

如果任由我们的心，让它在那里混乱组合，我们又跟着跑，往东边跑，往西边跑，那就很累很累了……

希望小虫可以很快给我们带来口信，关于死亡的。

死亡必须是被准备的。

你觉得为什么他走得那么快呢？

大概他可以不那么痛苦吧。

你能确定他走的时候没有痛苦吗？

那应该是一个孤注一掷的夜晚吧！

葬礼上，我突然发现其实他的朋友都是那种不会用语言表达自己的人。

他们都很会说话，但他们不善于说出自己的感觉。

黎明前的东大名路，是非常空旷的，有时甚至一个人都看不到。

白色山茶花看着天快要亮时的天鹅绒般的天空。

演员也在看天空。

他们同时进入了出神的状态。

3

帮我在托拉古堡找到房子的Davide，是电影制片人，他的前妻
Stephanie是研究俄罗斯文学的学者。我刚搬来小村时，他们的儿
子Michele当时应该是四岁左右。夏天小村里会来一些孩子，他们
会在巷子里跑来跑去，这是我喜欢的意大利村庄特色，Michele有
时会在楼下远远地叫我的名字"Kika……"刚才居然又听见了远
远的他叫我的名字。Stephanie让我不必下楼，他们和一些朋友正
在去湖边的路上……平时我通常都会在门口跟他们聊会儿天，每
次邻居奶奶Anita会打开门来看Michele。

这个月Michele分别在小村跟爸爸和妈妈各住两个星期，这几天
我都会在门口跟他和他妈妈聊一会儿。我要说的是，实际上去年

和今年我就没怎么跟人见面聊过天，我从来没有觉得这会是个问题，直到最近每次与他们快速地在家门口聊天之后，我都有一种无措的感觉，就好像我越来越不清楚到底该如何与人交谈，我总是在事后觉得我说话太直接，打招呼时我们是不是只应该说一些表面的话？

我分别跟Davide和Stephanie都说过我有空会在晚上去广场看他们，因为孩子们都会在晚上的广场上踢球。但是我从来没有去过，其实不是我不想去。昨天我在想Michele会怎么评价我这个人，因为我每次都会说一堆缺乏前后关系的有关自己的事情，然后每次都说去广场看他踢球，但是每次都不去。

前几天Michele在楼下喊我的名字时，我到楼下开门，跟Stephanie聊了一会儿中午小卖部排队的情况，然后我问大约是八岁或者七岁的Michele：你介意我采访你吗？这样的话以前我也说过，但这一次我是真的想好了内容的。我说：比如，我想问你，你是怎么看我的？你觉得我疯吗？事后，我在想我这么问本身就很疯吧？Michele当时低着头说：算是吧！Stephanie立刻笑着说：对，我们都有点疯！然后我说：哈哈，就像我女儿说的，我女儿说我妈妈很疯，但是是那种好的疯……这时候Michele说：我自己是傻的疯……接着隔壁Anita奶奶出来了，奶奶笑着跟我说了几句意大利语，这是我们第一次交谈，我一直跟自己说我会在真正决定住下以后学意大利语，但最近我开始觉得我这样不学意大利语是不是对邻居们没有礼貌，因为我像个鬼一样已经在这里住很久了……

我听不懂老奶奶在说什么，于是把Stephanie叫回来做翻译，Stephanie说：她说Michele总是来看你……

1

"法克特阿婆"这个词的中文写法是我发明的，我的生活里时时会发生"完全法克特阿婆"的场面。开趴体，大家都大了，方向都搞不清楚了，说胡话了，胡话里可能有很多真理，方向搞不清楚了可能在我们看来很可爱，这种时候就是法克特阿婆的时候。完全没有了障碍，乱七八糟的但却生动而真实，没有性别了，倾诉倾诉倾诉，乱打电话，走来走去，自己觉得自己特美，空气都触了电，思维既灵敏又混乱了。清醒以后发现身边的人比以前更亲切了，那这些人就是你真正的朋友。清醒过来以后看着周围的人觉得害怕，并担心自己是否曾乱说话，那么这些人就不是可以跟你一起法克特阿婆的人，那么你就真的法克特阿婆了。这是为什么我喜欢参加家庭趴体。文艺青年需要美好的法克特阿婆。因为我们不想让我们的生活法克特阿婆，所以我们需要在一起，真正地在一起，谈话，相爱，歌唱，哪怕是走调的。慢慢地喝酒，不快乐时绝不喝酒。我们需要辣椒酱金嗓子喉宝黄氏香声丸善存片念慈庵糖浆。还有牛奶。文艺青年应该认真选择开趴体的地点和人物，应该懂得控制节奏，否则就会有趴体后遗症。谨防趴体后遗症。因为可怕的趴体后遗症一定是连锁性的。谨防星期天下午上床睡觉星期一沮丧星期二浑身无力星期三吃不下饭星期四依然吃不下饭并开始盼星期五。我们需要健康的生活。谨防我们的生活完全法克特阿婆。尽管无限风光在险滩，冲上去一点不难，而完美的降落是艺术。并且，我们需要体力，补充体力才能继续战斗。我一直想开一个喝水趴体，我会把水倒在各种各样美好的容器里，好朋友喝着美好容器里的水，水嗨，玻璃嗨。

2

冬天上海的夜晚，又湿又冷的深紫红色。

车里的音乐是巴赫，巴赫在冬天上海的夜晚，适合一个穷途末路的欧洲游客。

这个游客没有任何特殊背景，一个好高骛远的家伙。

可能是一个年轻的法国知识分子。

可能是南部的。可能是学哲学的。

一个想在这里住下来的家伙。他很穷，在这里一个朋友也没有。

他随身携带着翻录的一盘巴赫的磁带，他喜欢在出租车上放这盘带子。快要年底了。他没有钱回法国过圣诞节，他也不想离开。虽然大部分的上海司机不太会开车，但他们让他感到安全。

上海。演员和红坐在车里，车行驶在高架桥上。

车窗外的高楼呈现出上海冬天夜晚的深紫色块状网格，带着雾气。

已经过了十一点了吗？这么快！灯灭了。

我喜欢灯灭以后上高架！这时候上海看上去可以空一点。

就像上世纪90年代的上海。我喜欢上世纪90年代的上海。

你笑什么？

你知道我在想上世纪90年代的什么？

什么？

我在想上世纪90年代Park97的女休息室，我在那里偷听女孩们的聊天。

你看那边！那像是一个分手的地方。

什么意思？

就是一种感觉，像是那种分手的地方。

或者第一次见面的地方。

我猜……大部分的人，在分手以前就已经背叛了。

我会选择在分手之后背叛。

你真好！

12世纪的时候，有一种特别美妙的音乐形式——恋歌，当时，爱
作为一个主题可以通过恋歌在欧洲传递，释放感情和爱……

真有意思！

爱通过一种发自内心的艺术形式被引入了生活。

真美妙！

这些歌曲的歌词内容并没有庆祝宗教的成分，而在那个时代这是非常政治化的。

3

2020年在李阳的车里，我们听到了疫情暴发的新闻，当时我们正往返于荷兰的泽兰和比利时的安特卫普之间。3月的时候，我从泽兰的庄园搬去了安特卫普的一间高层公寓，当时意大利的疫情很严重，已经不能乘飞机回意大利了。庄园主人本来对我很好，直到她收养的原罗马尼亚流浪狗把屎拉在了我楼下的客厅里，庄园主人觉得我没有留意到它想上厕所的意图。在欧洲疫情最严重的时候，我搬去了安特卫普的一套爱彼迎上租的公寓里住了四个月。

起初我住在泽兰是因为意大利小村冬天太冷；也因为我一直想写一个故事，故事发生在从泽兰到克诺克的那一片平原上。尽管此时世界发生了很多变化，我虚构中的那一对男女依然一直开车行驶在那片平原上，他们谈话的语气依旧是柔和的。

你能帮我找一下杨梅花的照片吗？杨梅，就是看上去像樱桃，我在中国吃过的……

我找不到杨梅花的照片，因为英文的杨梅就是拼音的杨梅，每次我在网上搜，出来的只是杨梅的照片。

我知道我知道，这些都是杨梅的照片，我要杨梅花的照片，在杨梅成为杨梅之前，它是有花的。

网上说杨梅没有花，杨梅花是虚构，所以我不是很明白。所以，杨梅花到底是什么？

哈哈，虚构，所以是你的书，对吗？杨梅花是一个虚构，叶子是人工的奇幻？

然后实际上，疫情暴发之后，由于荷兰和比利时的政策不一样，边境规定不断在变化，从可以看到马的平原到爱马仕专卖店已不再是十五分钟车程那么简单了。

我至今都不知道在安特卫普爱彼迎上租了四个月的公寓，那一片在安特卫普算是一个怎样的区，当时也没拍那条街（因为不想回家消毒手机），现在想起那条街，和那些我在阳台上的夜晚，就像是另一场梦。我的手机里录了午夜楼下的电车声，窗外下大雨的声音，和几次跟上海艺术家张乐华通话。乐华的太太是西班牙人，疫情在西班牙暴发时，他和太太及儿子一起搬去了乡下。从那时到现在，每过一段时间我们会相约通一次话，有些谈话我做了记录。

十四 >>> 193

在 3 月 28 日的那次通话中，乐华首先建议我去下载一个健身 APP，我们交流了一些与疫情有关的日常细节，他说他们居住的村子只允许在某段时间去自家庄稼地里转悠，出门过一条马路的山脚下有一片田是乐华太太家的，那里种了九十多棵橄榄树……在说了一堆艺术家可能会面临的危机之后，我说：所以我觉得如果你没有生活压力的话，应该趁这段时间记日记、画画。

我们说到了我让他画的画，疫情刚暴发时我曾让他画一幅画，我希望画上要有"好日子"三个字。当时我想的是，也许现在过的每一天对将来来说都是好日子……他很快就发给我"好日子"的照片，用的是他儿子的画画材料，水彩、再生纸、剪刀、胶水，画面上有两个怪兽形状的人在跳舞，有一些"马蒂斯"类型的花边点缀。他画完"好日子"没多久又画了一幅春笋，我说它看着像是没有酱油的春笋。乐华说，作为他想念的上海菜，酱油是必需的。他说他画的是上海的油焖笋，他是照着一张朋友发的照片画的，照片的笋上面有葱花，乐华特地跟我提了一句：正宗的上海油焖笋是不应该放葱花的。

昨天我在手机里找这张"好日子"时，发现居然有三段 2020 年最后一天他给我的语音还没听。
第一段他说：我觉得这种感觉……不识字的状态，一定是一个挺好的事情，如果从整个线索来看的话 …… 第二段他说：因为我觉得只有艺术家一直在思考艺术是什么，对吧？绘画的人在想当下绘画是一个什么角色 …… 就这种似有似无的问题 …… 第三段他说：还会有挺多话想跟你讲的，就明后天，都行，如果你有时间的话。现在我得去关照一下我的朋友 …… 接着他开始说上海话，他说到他的朋友刚刚出院。我们经常在电话里商量怎么帮这位被困在国外的朋友，他也是上海艺术家。这三段留言之前的一段我也补听了一下，在这一段的最后他说道：…… 每次重新提笔面对画画时，所有的问题都是新的。

我问乐华是不是因为在小村开始种地，参加了很多劳动，所以更敏捷了。乐华介绍到，小村规定每户人家每天只能出门两小时，而且只能去自家的庄稼地里。在这两小时里，他要耙土，要浇水。本来他去庄稼地里是为了写生，因为按照规定他不能去其他地方，之前已有邻居说他和他儿子没有遵守规定，所以他一开始是为了合法出行而表演种地，这样邻居就不会说他，他一开始的"表演"是盲目地、机械地用力刨土，然后撒一些种子试试看，所以那其实就不算务农，因为没有目的，他说这很吻合他对"绘画目的"的纠结，也让他有机会体验一下挥汗劳作的人还能不能"观赏"。但是后来他真的开始学习种地，并且很快我们居然看到他丰收的西红柿和各种瓜果。他告诉我每次劳动到最后他会"突然让身体停下来画十到十五分钟"，他会环视，观察他的环境，并画下他对"视差"的感受。

那以后我们大部分的谈话主要围绕着种地，以及他需要帮助的上海好朋友的情况，我看到他身体力行地介入了他好朋友的问题，包括阅读佛经（仅仅是因为听说这样可以帮到这位朋友）、定时给这位朋友和朋友的家人打电话谈话。

乐华和太太孩子搬到乡下以后，他一直说是住在"小村"，就像我说到在意大利的家时也一直说"小村"。实际上，他说的小村是一座中世纪的西班牙小村，是西班牙最美村庄协会的，叫San Martin de trevejo；而我住的意大利小村也是中世纪的，也是意大利最美村庄协会的，叫Castel di Tora，我的房子出门过一条小马路，上山，也可以看到村口邻居家的庄稼地。

"最美村庄协会"是为了保护人烟稀少的古老村落而设立的。Castel di Tora在离罗马一个多小时车程的地方。它建于1035年，它是拉齐奥地区的奇迹之一，虽然我叫它小村，但实际它是一个市镇，尽管登记人口只有一百多人。我的公寓位于图兰诺人工湖岸边的山坡上，湖长约十公里，周长约三十六公里，它建于1939年。我门前的五角古塔建于公元1000年，公元1000年时这里并没有湖……如今透过我的窗口，可以看见遥远湖岸上那些隐约可见的房子，它们就像是温柔和希望的象征，然而那些漫长的没有湖的岁月，这里又是怎样的呢？

与托拉古堡小村互相守护着的邻居，是公元10 — 17世纪的安图尼村（Antuni）和德拉戈王子的宫殿遗址。它坐落在湖水环绕的山顶，就像被幻想的光环笼罩着，在最美的位置以废墟的姿态占据了图兰诺湖的山谷，并且多年被遗忘，直到近年来因自然徒步旅行计划而被重新发现。

疫情之后小村的游客反而越来越多，尤其在天气转暖的5月，我不再能够独享整个山谷和瀑布，最近我经常去湖边。据说湖水下降时可以看见中世纪遗址。在湖边我看的是格桑卓玛的新书《喜马拉雅童话》。流传于民间的口传童话，被居住在香海的格桑公主记录和撰写下来，故事的长短大多是一个喝茶的时间的长度。那些故事里经常会有孤注一掷的男子骑着马儿在路上 …… 这里有时也会看见年轻的意大利男子骑着高高的白马缓缓走过。那些故事里有湖、大海、鲜花，是神奇也是平凡的生活都遵循着善恶因果，这是我湖边读过的好看的故事，它们与其他童话的区别在于，它们给你提供的不是一个封闭的乌托邦 ……

显然我住在一个适合隐居的小村，这里有着真实的意大利慢生活，但它并不仅仅代表着一种明信片般的生活。住在这里要克服具体的困难。比如，这里没有取款机，没有超市，我上一次去大超市是在去年从比利时回来的路上。意大利小村小卖部的食物质量还行，我通常用来测试食物的方法就是观察自己吃完以后会不会沮丧。

在最沮丧的夜里，在黑暗中听着大卫·福斯特·华莱士的《最后的访谈》，我一边听一边仔细回顾了沮丧暴发之前我吃了什么食物、用了什么调料，我想一定是我吃的食物里有什么不对劲的，一定只是食物所引发的危机，一边听这本书我一边在想如果他还活着该多么好！

乐华一家从他们的小村搬回瓦伦西亚以后，他还是继续在种地。并且，他想让土壤有更多的有机物，他开始自己做液肥，去森林里找腐殖土来培养微生物菌水，用菌水去分解厨房垃圾；用他太太的爷爷的农具翻土；因为不愿意用农药所以每天夜里戴着头灯去花园里检查虫子……今年他在农业方面显然比去年更有经验了。在2021年最近一次的通话中，他告诉我，他太太的家人觉得这个中国人以前每年过来还会画一会儿画，现在整天在园子里，怎么能在地里待那么长时间，有什么事情可以待那么久？

我们说到了上海桂花的香味，他说他太太最想念桂花的香味，他还真研究过桂花，好像只能在英国试着种植一下，因为桂花需要在热的地方一下子冷下来时才会开花。这次谈话的最后，乐华发给我福冈正信的《一根稻草的革命》。乐华很认真地介绍到，福冈正信认为西方哲学带来了错误的世界观和农业种植方式，错误的所谓现代种植方式造成了疾病，并带来了医学的混乱。

我说到无法想象用上海的酱油吃自己种出来的萝卜是什么感觉，乐华笑着说：感觉很好，很贴心。我说：就很当代吧，你不觉得吗？他说萝卜是最好种的，无论是小萝卜还是白萝卜。他问我：你见过这里的白萝卜吧！就跟巴掌那么大。他说这里的白萝卜很好吃，跟上海的很不一样，这里的萝卜有一股很重的药味，但是煮一下就没了。他感叹我在小村买不到酱油，他开一个多小时就可以买到中国超市的酱油、年糕。其实，我冰箱里有酱油，就是当时买错了，应该买生抽我买了老抽，我从来不知道酱油还有生抽和老抽的区别。

我们说到上海，就像在说另一个平行世界。我再次感叹实在是不太清楚为什么大部分本来很熟的朋友最近都变得更加没礼貌了……也许城里人实在是太忙了。

乐华喃喃自语道：对啊，以前在上海，一个画廊开着开着就不见了，一个人过了一段时间就不见了，都不觉得奇怪……接下来我开始说安东尼奥尼的《过客》（又名《职业记者》），我说：此时的世界，此时窗外的阳光，太适合想这个故事了。我们应该去找来看，要找有中文字幕的……

在那次谈话中，我们说好我要给他一个详细的"参照物"的描述，然后他把我说的画出来，我当时大致说了我想让他画的，我想让他画一个（来自香海的）女人在机场的场景，我当时想象疫情之后第一次坐飞机的场景，有一位亚洲女性，穿着那种黑色的质地很薄的晚礼服，在排队等候安检，她手里拿着一幅包着的画，那幅画露出了一部分，是香海艺术家胡子画的莫扎特⋯⋯

乐华：你会写给我的对吗？我不需要现在就记下来对吗？
我：对，我会写给你的，如果我拖延的话，你可以提醒我。

所以现在，我写给他的，要他画的"参照物"，描述如下：可以是一幅画，也可以是多幅，画中要有一位女性，她的背面，皮肤是健康的颜色，没有任何苍白的感觉（好像她的生活没有问题的样子），一位亚洲女性，黑色的头发，不是长发，也不是很短，她穿着黑色的露背晚礼服，很薄的质地，没有人会穿这样的晚礼服出现在机场。在白天的机场，大家在排队过安检，秩序井然，每个人的样子，穿的用的你都可以随意发挥。这位亚洲女性夹着一幅画，这幅画没包好，露出了一部分，是经常在上海Don画廊做展览的艺术家胡子画的莫扎特，机场的环境，过安检的轮子在转动，诸如此类。

1

1997年只有上海有一两家小型跳舞俱乐部，都是香港人开的，虽然我也经常去那儿混，但大家都说我跳舞像在织毛线衣或者找东西。那时我认为跳舞音乐是很资产阶级的东西，不管是在迪厅还是在俱乐部都跟我没什么关系。我错误地认为跳舞只不过是换种方式调情而已：以前我们一起看电影，现在我们一起跳舞。

后来我认识了一个瑞士的DJ组合CHEESE，是北京的张有待把他们带到上海的，在认识CHEESE之前我不懂什么是跳舞和跳舞音乐，后来他们中的Micheal还把喜欢的中国乐队和DJ请去了瑞士，他们是我认识的真正开放和酷的西方人。

他们放的音乐让我第一次一刻不停地跳舞到天亮，我突然明白好的跳舞音乐是可以改变人的。好的跳舞音乐可以让我不去考虑怎样跳舞，因为音乐在动我，空气触了电。我们的耳朵和脑子装了太多东西，而好的音乐可以让我们越来越干净。在好的跳舞音乐里每个人都会有自己的身体语言。当每个人都获得了自己的身体语言，那就是一个好的趴体。室外的天空已经亮了，而我们还在跳舞，谁都不会想和谁调情了，那一点都不重要了。谁也不会在乎你的动作有多么古怪或多么性感，每个人跳了起来，每个人都漂亮，所有的人在相爱，我觉得这种时刻很纯洁。

CHEESE每次来上海，我们都会跳舞到天亮，在音乐里爱自己，爱这个世界，看见所有人在趴体上快乐地跳舞，这是我制作跳舞趴体的快乐所在，秘密都在唱片里，秘密都在身体里，我就是要让你跳起来，你不跳，我"骗"你跳，让所有的人都跳起来！

2

晚上，外滩茂悦酒店1906房间。

这是一间套房，270度的江景。

瑞士摄影师Simon Schwyzer正在准备给红拍照。

红没有化妆，甚至没有涂口红，她穿着黑色短袖紧身皮衣，黑色皱褶摆裙，属于那些精心挑选回来的不贵的但是好看的衣服。

今晚的摄影师很年轻，长得有点像安迪·沃霍尔担任制片的电影Trash里的男演员，但目光清澈温柔，长发披肩，他长得很好看，属于那种不会打扰到别人的好看。

红：我戴墨镜可以吗？

Simon（边摆弄照相机边非常柔和地）说：可以。

红：我就是觉得自己不好看，拍照我会紧张。

Simon（边摆弄照相机边非常柔和地）：你觉得谁好看？

红：Kate Moss。

Simon（边摆弄照相机边非常柔和地）：我拍过她，不觉得她好看。

新外滩花园。

浦江两岸的灯火射到公寓内，窗外的天空呈现出一种上海特有的人工奇幻。

公寓的阳台直接对着东方明珠和金茂大厦，雾遮住了它们的顶部，这个夜晚过于安静了。

被银纸包裹起来的室内放着青年艺术家赵要的灯箱作品。

这里没有灯，只有灯箱。江面上有时也会开过一两艘放着广告灯箱的小船。

一些年轻人在暗处交谈。

他们年轻的脸时而闪光，时而暗淡。

三十二层楼顶。

一些人已经在那里了。

他们穿着万圣节的衣服，仿佛每个人的脸上都多了些灰尘。

一些戴着面具的人围着暖气在那里编故事，楼顶的风很大。

五原路的老邓餐厅Spicy Moment，住在香海的湖南艺术家兔比和法国人法兰克在聊天。法兰克说到景观社会后，开始讨论白居易，好像在说白居易的态度。周围的声音实在太吵了，盖住了法兰克的声音，渐渐地兔比也不跟法兰克说话了，但是法兰克继续在说，说着说着有时也有其他人会加入……

Lorenz 是有点像僧侣那样的，你知道吗，西方有那样一种人。

艺术最有意思的地方我觉得就是，如果我是一个艺术家，我画了很多画，但是最受欢迎的那一幅是我最不喜欢的，这个就是最有意思的地方，因为是观看者创造了艺术。

这个是误解。这个意思是说，如果你想制造了一些有价值的东西，最后它们其实是来自误解。

一个中国的收藏家说他买的都是他不理解的作品……

这不重要的。

这根本不重要。重要的是交流。这个交流的结果是理解或不理解根本不重要。重要的是有人看你的作品，然后他们思考这件作品，这个是有意思的，我最喜欢这一点。而且，"误解"就像是对一个作品的另一种观点。

"误解"是一个空间。我刚到中国的时候，我不了解中国，我只了解中国的古典文学，然后我认识了 Lorenz，我决定要在这个圈子学习，学习社会，学习这个国家，这个时候一个艺术品会有三个人，艺术家、批评家、收藏家，所有的人都会争执谁最懂，艺术家觉得我最理解因为是我做的，批评家觉得我最理解因为是我评的，收藏家觉得我最理解因为我买的，我觉得都有道理，这个空间我觉得太有意思了……

20世纪80年代的艺术家，他们相信文学，像何多苓这样的……
徐震我有点喜欢他……
徐震不够可爱，他那么聪明，就像铁海，铁海也很聪明……

这个局限就是太聪明。
局限就是与"事业"有关。
徐震有点像铁海，铁海的美学，就像古老文人的美学，是有关评判的，不是有关做事情的。
这是有关个性的。
这不是有关个性的。艺术是另外一种游戏。
关于事业他们有一个定义，但是这个定义是错误的。

这个定义是虚构的。

襄阳路，大可堂茶馆隔壁的一栋30年代西班牙风格的老房子，这里是外滩18号的"艺术之家"，夜已经很深了，刚才在五原路的讨论在这里继续……

兔比：你为什么把我的扇子拿走了？
法兰克：十几年以前，我每天晚上和铁海在一起。在铁海家吃饭，喝酒，然后我们说韩非子、孙子这些事情，因为他很感兴趣，我也很感兴趣。这是他的角度，这个时候他比其他人更前卫，而且他学

208　>>>　　　　　　　　来自香海的女人 | The Lady from Shanghai

习了杜尚很多。他用这个方式。可是，我也很早告诉他，你这样也可以，但是到后来就是在玩 …… 没办法了，因为你就不是相信艺术，你就觉得艺术是一个游戏！

Casper：上海很容易给人造成一种错觉，让你以为可以在这里实现所有的梦想。作为一个上海人，这是我的家，我不能离开。我唯一能做到的，就是不让自己卷入这场关于梦想的游戏。

3

鲁多维卡和周微（化名）计划离开罗马一天，他们来到图兰诺湖，
在湖边的山上散步，天气和环境都很好，阳光明媚，温暖如春，不
时有一点冷风，提醒着他们此时毕竟已是1月了。

有一刻他们以为是走在树林的小路上，其实是走在波光粼粼的湖面
阳台上。那里没有别人，安静的气氛不断被谈话打断，鲁多维卡喜
欢和周微交谈，她喜欢问他问题，听他的观点和故事。当他们有不
同的观点时，也是一种放松和挑战。

后来他们来到了湖边，他们想走到大路上，最后几乎是爬上了从湖
边"意外升起"的石墙。当时那里没有其他路可走，那一刻有荆棘、
有眩晕和惊恐，鲁多维卡有些害怕。面对真正的风险，鲁多维卡是
容易感到害怕的。相反，周微却很自信和冷静，他安慰的话语让鲁
多维卡感觉好很多。

接着他们来到了湖边的一座小村庄，Castel di Tora，他们被酒吧
Bar Dea吸引，它在贴着湖面的广场上，广场上的Triton喷泉建于
1898年，酒吧就在喷泉边上。他们在酒吧找到了喜欢的食物和酒，
最重要的是，他们遇到了拥有这家酒吧的一对奇妙的夫妇，维奥拉
和安吉洛。

就像在他们家做客那样，当鲁多维卡和周微在柜台前向维奥拉点甜
甜圈、水果派和红酒时，安吉洛正享用着自制的羊肉汤意大利面
条，维奥拉和丈夫在同一张餐桌上，正吃着意大利干酪和蜂蜜。当
时是下午4点，那个阳光明媚的日子应该会有很多客人，现在终于
到了他们自己吃饭的时间了。

没多一会儿维奥拉和安吉洛就坐到了鲁多维卡和周微的桌子旁，并
给他们倒酒，跟他们说自己的故事，询问他们的情况。他们很慷
慨，鲁多维卡觉得他们喜欢以一种更深入的方式来了解遇见的人，
而不是那种在酒吧里偶尔的交谈……鲁多维卡和周微感受到了他
们的真诚，并对他们也抱有同样开放的态度。

维奥拉和安吉洛第一次见面是在近二十年前，当时维奥拉从阿尔巴
尼亚来到意大利，在安吉洛的木工店找到了一份工作，他们很快就
相爱了。现在他们的女儿在罗马的大学学习法律，他们给鲁多维卡
和周微看了她十八岁生日的视频，后来当她出现在酒吧时，鲁多维

卡和周微见到她就像见到了老朋友。

某个时刻，周微突然问是否有一个中国女人住在村里，她来自上海。从酒吧的窗户看出去，他认出了这里的风景，她是他二十年前在上海认识的，他知道她几年前搬到了罗马附近的小村庄，他看过她发的这里的照片。

"作家，是的！"维奥拉立刻说，她告诉周微这些年这位来自香海的女人的谨慎，他们很少有机会与她交谈，她只有需要在酒吧买东西时才会停下来。维奥拉似乎有点遗憾，到目前为止还没有与作家建立起联系。

周微给上海朋友发了微信，在等待她加入的时候，大家都很兴奋——周微在这么多年后将见到他的老朋友，而维奥拉和安吉洛"可以看到这位上海女人在他们的酒吧待上超过两分钟"，并对她有更多的了解。

周微给我发微信的时候，我刚刚吃完午饭，正在一个小小的取暖器前取暖。我住的村庄在小山顶上，它比我在上海见过的大部分的小区都小，它既不荒凉，也不热闹，每户人家门口都有鲜花，沉浸式中世纪乡村建筑场景，至今仍保留着古老的城堡、木屋顶或砖瓦屋顶的石屋、特色小巷拱门、岩石洞穴、中世纪的城墙 …… 这里大

　来自香海的女人 | The Lady from Shanghai

部分人家都有烧木头取暖的装置，我只有那种用电来烧木质颗粒取暖的装置，这种颗粒物需要去联系送货，或者找邻居开半小时山路去买，这些都需要与人打交道。我用一个很小的取暖器取暖，挺长一段时间后反应过来这里电费很贵，而且最近电费又涨价了。前几日住在罗马的Davide回小村时，到我家门口找我聊天，他发现我没有取暖的木质颗粒，我说上海人其实不怕冷，因为上海冬天没有暖气。Davide给我买了十包木头，他很认真地表示这些是送给我的。

我在上海雍福会认识的奇女子清（Lori）写过一篇小说叫《顺流而下》。当她知道她小说里的人物周微来到了我住的小村时，她跟我说：我去年刚好写了关于他的小说，发给你留作纪念，习作练手的……

清有一双明亮的眼睛，她有三个孩子，有时还跑出去航海，并且坚持写作。我跟清认识时间不长，偶尔我们会在微信里讨论爱与自由。

当周微和鲁多维卡离开小村还没有回到罗马时，我已经靠在床边的靠垫上打开有关他的小说。在一连串的恍惚中，我来到了巨鹿路上的书店、作家协会、堂会酒吧、弄堂尽头罗马青年周微的家，扑面而来各种书籍和音乐，还有一部手稿……就像过期胶片冲洗之后呈现的不规则色块，飘在我记忆里上海的灰白色的天空下，我见到"他"被"她"围绕，就像见到了一些老朋友。

再次打开这篇小说，已是几天以后了。这次我一下子就读完了。男主人公周微来自罗马，当时三十多岁。小说里的"我"应该跟他差不多大，或者更年轻一些，是一个喜欢阅读的女书呆子，通过书籍、玄学和哲学来向自己分析周微是一个怎样的"花花公子"……周微有一位前女友叫极光，二十多岁的上海女孩，在决定与周微分手以后剃了光头，并在巨鹿路渡口书店工作。小说中的"我"跟周微约会过几次，周微给了"我"一部极光写的小说手稿，手稿的男主人公叫周微。"我"因为好奇开始经常去渡口书店，边阅读这部手稿边观察这位叫极光的女子……

《顺流而下》篇幅不长，时空交错，排列得像星空，很多小故事，很多书籍，很多音乐，混沌中有一种动人的柔和。那样的上海就像平行宇宙，只存在于某些时刻、某些地点、某些回忆中，在那里角色们都在等待魔术和奇迹，那些有关探索、美、爱、沟通、命运的……种种微小的魔术，每日每夜，很多的感觉，并且我们不害怕感觉，在那里灵感与生活融为一体，对直觉的虔诚贯穿了所有的行为，当然也有很多的感伤和不可能。

这部小说打动我的首先是那样一种上海的氛围，这种氛围里的男女一律不食人间烟火，起码我是这样理解的。这样的氛围不容易被表达出来。我喜欢男女主人公之间那种动荡的、微妙的、纯净的、空洞的关系。

我想传达出城市里那种虚的、空的、有点无聊的感觉，
然后人又在这里面去找一些有意思的地方，
我想告诉我女儿，你看，我们这代人也是这么空虚无聊过来的，
即使是这样，每个人也可以通过自己的方式，找到意义。
可能是他这个人带来的"非真实性"，挺打动我的。
我只是用语言来显得轻松，其实思考他这个人的时候是不轻松的。

—— 清

安·兰德的《源泉》在小说中似乎是极光和周微的爱情信物，这也许仅仅是因为《源泉》的男主人公和周微一样，都是很特别的建筑师。在1949年的电影《源泉》中，导演King Vidor在深邃的空间中采用了强烈的直线形构图，和高度定向的光线，男主人公总是处于画面的阴影和边缘处。安·兰德认为一个人的情感生活是建立在理性的基石之上的，一个人可以通过理性分析来指导自己的情感生活，一个人会爱上反映他自己最深层价值的人，并对其产生性欲。

与弗洛伊德或者好莱坞的模式形成鲜明对比的是，《源泉》的男女主人公是通过欣赏对方的道德和智力美德而相爱的。然而，《顺流而下》中的女主人公经过一系列的"研究"，总结出"没想到真实的原因很简单，他只是爱女人而已……"

与《源泉》的思想恰恰相反，周微只相信自己的感觉，他甚至希望自己是变色龙，女孩子们喜欢他是怎样他就怎样，"只要女孩子们喜欢，可以一直相处下去，不必期待什么结果"。而他的前女友极光，仅仅是因为周微的一个吻，和一些模糊的温柔而爱上了他，他们并没有打算"活在理性之中"。

到底感情是理性选择的，还是不期而遇的？
你看极光，一开始也是对这种观点否定的，
她说《源泉》这本书完全看不下去。
在上海这个城市，脑子清楚的人多，有感觉的人少，
大家都算来算去，
所以稀少的值得写出来，
我当时就是被她（极光）感动的，
因为一个手稿，所以兴起要去看她的冲动，
不算计的人，我会感动，想要写出来，
他和极光都是。
我能看到他身上特别异于常人的闪光点，
对我来说就是这种模模糊糊的直觉，
小说里面有一句话："对他来说，真实是一种唤起，而非既有的概念。"

—— 清

我第一次见到周微是在十八年前南昌路上的YY'S，当时他跟几位朋友坐在那里，从我站着的角度望向他的侧面，他庄重，有思想，有些梦幻。上海的天空大部分时间都是灰白色的，这对他来说是一个悲剧，因为他的眼睛已经习惯了意大利式的强烈的光影对比。白天的上海是一个同质化的灰色集合体，缺乏明显对比，所以他总是尽量在夜晚的上海活动。他有"流星病"，他说那是一种情绪会随光线而强烈变化的病。上海夜晚的光线是他喜爱的，来上海之前听人们说上海是一个"来自未来"的地方，而至少对他来说上海有点像想象中20世纪30年代辉煌的纽约，那些他见到的人显然像是从过去走来的，有一种类似20世纪50年代意大利乡村的乐观主义文化。

在等待香海女人来酒吧与周微见面的时候（其实走过来只需要五分钟），大家都很兴奋，这样的巧合真让人难以置信，这个下午因此显得越来越美好而有希望！香海女人进入酒吧时同样显得很兴奋，她面带微笑，她很友好，维奥拉和安吉洛看到她如此健谈而感到很惊讶，他们取笑鲁多维卡："你确定他们只是朋友吗？""你今晚需要一张床吗？""不要感到孤独，我们可以收养你"……

周微身边的鲁多维卡一看就是喜欢大自然的让人放松的女孩，她有很好看的笑容。我戴着口罩，周微要我把口罩摘了，我说：哦天哪！我怎么搞得清楚呢，这些日子真让人迷惘……周微跟维奥拉说他曾在上海和我一起玩得很疯。维奥拉说她一直觉得我是一个害羞的人，只会说诸如意大利面这样简单的单词……接着维奥拉喃喃自语地说着什么让大家都笑了起来，我问她说了什么，周微说：她说你在二十年以后终于说话了！

我们一直在开玩笑，维奥拉开玩笑说她本来以为周微是一个很老实的人，但渐渐她发现其实不是。我们甚至还说到了在阿姆斯特丹的赵可，我说想在这里给赵可做音乐会，但是小村没有酒店，住宿不方便。这时安吉洛说他的地下室很大，我们开始幻想着可以在他的地下室开一个夏日跳舞俱乐部，俱乐部里可以有上海的各个夜店不同的各种局部……

鲁多维卡和周微来过以后，小村就迎来了2022年的第一场雪。阅读清写的《顺流而下》时，为了有更好的沉浸效果，我搜到小说中提到的Ludovico Einaudi在上海大剧院的钢琴演奏会的新闻，我打开了《雪的序曲15号》，听这首曲子的时候，我看的是这一段——

豆浆店的老板娘和伙计正在烫锅。油条的面团、鸡蛋饼的面团，在白茫茫一片的炊烟里，分不太清。他们各要了一个鸡蛋煎饼，里面夹着榨菜、葱花、香菜、脆饼。至于那些糍饭糕、烧卖锅贴、油汪汪的豆腐粉丝汤、紫菜小馄饨、甜咸豆花，是看着旁边的人稀里呼噜下去的。

周微吞下煎饼缓过神，定定看了会儿眼前这个女孩。有过无数次艳遇，却很少同什么人吃早饭。黑色衬衫让她的肩膀显得更窄，平常的牛仔裤和球鞋，看上去与普通大学生无异。利落的短发，嘴角一侧的酒窝略显稚气。清冷的神情，越发激起他强烈的好奇心。背后说不清的异样到底是什么？和这座城市的娇柔精致毫无关系。

"你留下了一片葱。"他手指拂上她的脸颊，看起来坦诚深情（其实对所有女生都一样）。

Aurora后来发现，自己是被这些涓涓细流汇聚而成的温存打动的。周微没什么特别的，除了侧面像希腊雕塑之外，任何古典式的审美都谈不上。两个人好比孤岛上的流浪猫，阴差阳错碰到一起。只是不懂不远万里来到上海的他，之前经历过怎样的生活，又为什么和她在一起？

—— 清《顺流而下》

第

十六

章

1

现在（2001年）的上海，有很多西方男人：生意人，白领，旅行者，艺术家，无所事事的猎奇者。他们把西方的文化生动地带到上海，他们对上海的夜生活有着很大的影响力。上海不像北京有那么多热爱艺术的老外。在上海的老外男人不像在北京的老外男人那么会说中文，而会说中文的，听起来很像上海女孩说普通话，嗲嗲的，很滑稽。他们大多有很好的收入和公寓。他们大多数不承认自己有上海女朋友，他们喜欢说："千万别爱上我，我当你是朋友。"但是朋友怎么可以有恋情呢？这个问题很多上海女孩想不通，或者不接受。大多上海女孩喜欢可以被自己控制的男人，老外是搞不懂上海女孩的，上海的疯狂带着它特有的"纪律"，这里有一种虚无、反复、纵情、自恋、感伤主义的混合物。有一些老外男人，他们长着善于思考却失魂落魄的脸，他们喜欢上海女孩，但却更喜欢有很好的交流，他们是在上海显得寂寞的老外男人。有一个上海女孩，她很美，很聪明，有着很好的收入，她就是固执地想嫁一个老外男人，于是她勇敢地登了广告。然而所有的应征电话，都是要求做爱的，并且直截了当。有一个上海女孩，在中国男人那里受了很多刺激后开始结交老外男朋友。她说和中国人太容易爱上，而爱上一个人是很辛苦的，所以还是老外男人好，因为皮肤的感觉不同，不会爱上他们的皮肤，所以就不会爱上他们。而不爱上又有的玩，这事比较安全。她的老外男人们经常会撞在一起，她很坦白地告诉他们中的每一个，然后选一个自己要的。老外男人开始觉得不适应了，怎么会冒出来一个这样的上海女孩呢？后来这个上海女孩子自己也觉得越来越没劲了。她本来以为老外男人是可以暂时填补一下她的空虚的。当然也有老外男人娶了上海女孩为妻，并深信可以爱这个女人一生。爱就是爱。总之，我所认识的在上海的老外男人，有意思的都待不长。留下来的，要不就变得越来越没意思，要不就待在家里看VCD。在跳舞俱乐部里喝酒，无论男女，都会经常说一句话：老外毕竟是老外，不可以相信的，翻脸跟翻书一样。

2

月圆之夜，上海外滩18号。

顶楼 Bar Rouge。

北京来的摄影师任航，此时正拿着他的傻瓜相机，似乎对露台的江景毫无兴趣，今晚出现在镜头里的是住在香海的年轻艺术家、DJ、演员，Elvis.T、Deep19、珺珺、胡亦宽、夏云飞……腼腆地总是看似放松地笑着的任航，他的每一次按钮，都传达了与拍摄对象之间的强烈的情感。

Bar Rouge 的经理 Antoine 在那里走来走去，就像走在某部电影里，这些年红一直喜欢看他，他的形象和姿态提供了一种混合着虚无、反复、纵情、自恋、感伤主义的情绪，她无法想象他出现在别的什么地方，他完美地属于此时的这里。

住在香海的澳洲魔术师Mario准备开始变魔术。

他有着两撇漂亮的小胡子，他的发型和鞋子都是方形的。

他说自己是荒唐之王，马马虎虎Mario，将来要把自己的身体献给科幻小说。

电梯来到大堂，烫着爆炸头的外滩18号的CEO邓懿德，刚刚结束了五个小时的格桑唐卡展活动，此时她脱下四寸高的高跟鞋，让脚直接踩在细致冰凉的大理石拼花地板上，她在Sabilla红丝绒沙发上坐下，她的周围是金箔墙，头顶是暗下来后仍然红得扑朔迷离的水晶灯……

邓：亲爱的，告诉你们，我从心里感恩18号这个项目，它不仅让我见到很多很美很好的东西和环境，更让我有机会遇见许许多多世界各地丰富可爱光怪陆离的人，而这些十八般武艺在身猛龙过江的人面对上海时，哈哈哈哈哈哈哈哈，棉棉叫她香海，大家都有些迷惘，一边充满好奇，一边充满激情，这个能量非常嗨，跟我频率非常近，太迷人，我真的好爱上海！

邓：人没有爱不可爱！但是关于爱情，要小心，因为有毒！

邓：其实，没有一个问题是固有的，我们应该爱所有的人！

此时，住在斯德哥尔摩和上海的山东女孩杨扬、上海女孩红和意大利女孩Anto，还有刚刚结束了一天的行为艺术表演、脸都涂白了的艺术家小跳……他们每人捧着有着美丽小刺的杯子，这是一款刚出来的设计师品牌ANTIBIOTICO的杯子，大家在Sabilla红丝绒沙发上坐下，开始聊起了爱情。

你说得太对了，我们这种女人是没办法跟什么男人住在一起的。但是我相信我做的所有的事情里都有爱，并且我相信人。

我们没有爱人，但是我们爱，并且为了我们的爱，不哭。

可是我还是会哭，不哭很难的。他把我的心撕成了一片片。他不是我想象中的那么完美，但这并不是我笨，真的，他总是根据自己的需要制定规则。而事实上我发现他从来就对人不诚实，他跟所有的男人一样虚弱。我不会因为认识到他其实只是人，不是什么神而失望，我喜欢人，这没问题，但我真的不习惯他总是在那里说假话，这太过分了，他并不是我想象中那么聪明，这痛苦的感觉……

亲爱的，我跟你说过很多次了，你不能把男人当男人，当你一旦认为这个男人是男人，那他马上不是个东西了。男人很累的。

我们见面那天好大的雨，我们谈了一点，那天我根本没情绪跟他多说什么，在我失望的时候（注意，是失望，不是生气），他通常表现得很安静，我想我根本不应该认识他，根本不应该做那么多，我恨我自己。但是，有一些黑色的联系还是在那里，这强烈的深深的爱还存在着。

可是我还是想知道，你跟他之间到底发生了什么？

他打电话给我，说他跟另一个女人好了。我说我的心碎掉了，我不能说话了。然后他再打。然后我再这么说。然后他再打。

你还是会为这种事情难过吗？亲爱的，我完全理解你的感受。但是我们都要接受一点，那就是我们爱的男人就是会干出这种事情来，生活是自由的，他有他的理由在那一刻或者以后发生这种事情。我们所要的就是努力成为我们爱的男人们生命中最特别的一个女人，除了这，我们还能希望什么，这不好吗？所以，接受这件事情，把这垃圾吃下去，等以后再有这种事情的时候，你就不会那么难过了。因为，爱应该很简单。

对，爱应该很简单，但是，我还是会为我的爱哭，对吗？那就把这垃圾吃下去吧，反正我也不是什么女王。

我知道，说是容易的，做总是难的，比如在你正需要他的时候，或者在你正在跟他做爱的时候，他的情人打电话来了，如果他是个聪明的男人，就会把事情做好，但大部分的男人只会把事情搞得一团糟。当你说反正你也不是个女王的时候，我真想哭。去他妈所有的他们，烦死了。让他们去难受其他女人吧！

3

每次说到我在Castel di Tora的房子到底租了有多久，大家都有点说不清楚，比如有一次我跟上海艺术家鸟头阿弟说，好像是三年好像是四年 …… 刚才我查了一下与房东Serena的短信记录，我们第一次互留短信居然是在2018年的6月，所以，我是在第五年的时候离开了这个被我称为"小村"的地方，其实它由围绕着一座古堡而建的一些石头房子组成，在小山顶上。它并没有通常的"村庄"的样子，事实上由于当年墨索里尼要造人工湖（那令人羡慕的我窗外的图兰诺湖是人工湖），这里的村民们失去了可以种植庄稼的农田。

我从托拉古堡带走的属于托拉古堡记忆的东西，除了小卖部的橄榄香皂（我居然曾经想我怎能搬到一个没有这种香皂的地方，因为我每天需要洗无数次手，这种香皂一点都不伤皮肤，但事实上一到加德满都我就发现这里有各种阿育吠陀的香皂），还有德国邻居帮我买的消毒液和消毒啫喱，小卖部的黑色牙膏，去参加安迪婚礼时在超市买的那种粘毛的滚筒和两包姜粉（小卖部没有任何跟姜有关的东西），还有那条我去瀑布散步穿的深蓝色的运动裤，搬走时故意没有洗它，穿上它会想到那条通往瀑布的小路，此时我已经搬到了加德满都。

此时在我身边的，除了小卖部和超市买的东西，还有意大利超市的购物袋，小村的第一家商店里的首饰的卡片，马西明为我从威尼斯订购的圣诞面包的面包房卡片，安迪的女儿爱尼塔来小村玩时画的画，作家皮皮从柏林给我寄的豆浆粉……

Castel di Tora 被称为拉齐奥的奇迹，它也是我的奇迹，它向我提供了一种反思的生活。它有着中世纪的样子，这里所有人都认识所有人，而且所谓的"所有人"经常见到的也就十个左右，渐渐地我开始习惯和喜欢这样的生活，尽管我一直知道自己不会永远住在这里，这里的一年过得飞快，一年我只去一两次超市，邻居Antonella 和 Davide 每年夏天会回来一阵子，Davide 的儿子会远远地喊我的名字……

我的房东 Serena 是那种强大又通情达理的意大利女孩，她是律师，住在罗马，她对我很好，而且从不打扰我。她当然不是那些曾经来过上海、跟我一起玩过的朋友，也没有看过我的书，事实上没有人再在乎我是谁，我觉得这一切都是绝妙的祝福，我曾暗自一直害怕的人生就是我不再拥有任何特殊性，而现在只有偶尔来看我的背着双肩包的安迪 —— 他的公司刚被评为这个世界最值得关注的人工智能公司 —— 他在跟大家说起我时，依然像是在说一个永不散场的"香海趴体"，当然人们根本不在乎这些。

我的公寓是新装修的，我卧室的床上方的灯罩是黑白色的，上面印着各种卓别林的电影海报。这些年我无数次瞪着《煤气灯》的海报想着我自己的电影人生，盘算着如何解决那一个接一个的难题，并且时不时感叹Serena肯定想不到这灯罩会与我有如此奇妙的关系。

每当跟上海的朋友说起托拉古堡的冬天，我经常会说：只有我能够住在这里，只有我！这么说并没有贬义，住在这里是不容易的，这同时也构成了我的反思生活的特质，就看你要什么了。比如，现在无论住在哪里，我都吃得非常简单，看到朋友圈大家发吃的，我总是惊叹大家还是吃得太复杂，就好像我以前没有在上海住过；在这里我几乎从不喝酒，有一年圣诞节之前，我突然非常想喝酒，去了好几个地方，最后在湖边的铁皮餐厅里买了一瓶可能是做菜的红酒，那次我喝得挺高兴的，那之前我六年没有喝酒了；我以前很喜欢喝茶，现在我也不喝茶了；我也不买讲究的护肤品了，我并不是每天都洗脸的，但我知道自己随时可以穿上黑色的晚礼服涂上亮色的眼影或者夸张的烟熏妆，并且让嘴唇的颜色显得很当代。

小村的冬天大家都用木头取暖，我经常趴在窗前闻着邻居家飘来的木香想着：哦，从前大概就是这样，有钱人家飘着烧木头的香味…… 我的公寓没有这样的取火设备，我用的是一种通电的壁炉，烧的是一种用木屑、秸秆等混合起来的颗粒燃料，这些颗粒来自工业的可回收物和边角料，比烧木头更环保，但是这些颗粒需要去订或者雇车出去买。打电话订需要现金，而小村没有取款机。雇邻居开车几次以后，邻居开始敲我的门送我礼物，比如有一次我打开门看到邻居手里拿着一个新的手提包要送给我…… 不知道从什么时候开始我怕跟人接触，我不觉得这是我对人不感兴趣的表现，也许我是紧张所有可能会失控的状况，也许我只是累了，我对那些无力掩盖任何无礼的礼貌厌倦了 —— 在托拉古堡我就是这种人，而我的邻居们很真诚。

最开始时，我不会正确使用这种用电的取暖壁炉，它是那种你按了某个按钮之后需要等上10分钟再按第二个按钮的设备。有一天我家来了一位会说英语的邻居，她叫Antonella，比我年长一些。她第二次来帮我看壁炉时，身边有一位看着跟我差不多年龄的德国人，他是一位建筑师，他说在小村的树林中造了自己的家，我想象他家有着透明的玻璃墙，可以看见四周的树林。这是他为他女朋友造的，他说他有过一位作家女朋友，后来因为住在这里"怎么也暖和不起来"而离开了他。

疫情前，Antonella只有在夏天才会来小村住几天，大部分时间她在罗马。她以前在出版社工作过，现在她是一位按摩师。大部分的岁月里，她是唯一一个跟我沟通的邻居，哪怕她在罗马。她会说英语，非常有耐心，总是帮助我。有一次我因为操作错误被吞卡了，我当时盘算着跟银行装得神经质一些也许能及时拿回我的卡，但是装着装着我真的生气了。Antonella并没有因此而觉得我是一个神经病。几乎每个夏天Antonella都会带我去附近的古堡看舞台剧，我们最后一次看的剧是设想帕索里尼和庞德在一座花园的中央相遇了……

与Antonella去附近古堡看戏是这些年我唯一的夜生活，我穿着在南京路朋友的小店买的外贸Miu Miu连衣裙，拎着福州路Suzhou Cobblers为我定制的熊猫小包，戴的戒指是有一次杂志拍我女儿时化妆师带来的，那一期我女儿在采访中说有时她觉得自己有着一颗八十岁老奶奶的心……那次拍照结束我们去了K11，我看着她很认真地把拍照穿的衣服都收拾好，把包扣上后安静地坐在那里等着上菜，她身后的玻璃厨房里有一排芒果……

"德国邻居"是我跟在上海的朋友讲故事时用的名字，我跟德国邻居疫情前最后一次见面是在村口的台阶处，我们当时可能说到我想在废弃的隔壁宫殿安图尼的山顶做跳舞趴体，请中国朋友来放音乐 …… 之后他为这个谈话发给我一条短信，当时他正准备去南非 —— 他每年冬天都去南非，他父母和兄弟在那儿，而我当时正准备去比利时和荷兰边境的地方写一个故事。后来意大利暴发疫情，德国邻居被困在南非，我的荷兰农场的房东因为我没有留意到她的狗想上厕所的意图而不高兴之后，我搬去了安特卫普的一套爱彼迎上租的公寓里住了四个月 …… 当我和德国邻居再次见面时，已是两年或者三年以后了。

现在是2022年10月，7月的时候我的电脑突然坏了，去罗马修电脑对我来说是有些复杂的，得雇司机，也有可能需要坐火车，因为这里都是山路，我晕车，也许还得在罗马住酒店，或者多次往返罗马，去罗马简直比去巴黎还复杂 …… 好朋友皮皮从柏林给我快递了一台电脑，但是由于我操作不当又需要重新安装。最后我决定花钱雇人去罗马替我修电脑，Antonella推荐了德国邻居。德国邻居非常友好，怎么都行的样子，他拿走了两台启动不了的电脑，并建议我先用他的一台电脑。

那以后我们经常通短信，他告诉我修电脑的每一步，很清楚地告诉我价钱。为了我的电脑他两次开车去罗马，还帮我买了我要的消毒水和面条，因为他不知道我要哪一种面条，所以他帮我买了越南粉丝。他把这些交给我的时候，我们约在小村的广场见面，这可能几乎是我第一次在黄昏的时候坐在广场上，我说过这是我见过的最小最美的广场，广场上有喷泉、酒吧、教堂和小卖部。

我们坐在那里，谈到我想请上海的朋友赵可来这里演唱，我真的一次又一次惊讶于自己的天真和怀旧，我们谈到我试图在做的奇幻亚洲电影节，这一切听着特别像吹牛，实际上在离开上海那么多年以后我都没弄明白该如何与人交谈，因为香海是一个一切皆有可能的地方，这一切听着特别像在吹牛。德国邻居谈到他曾经陪前妻去各种电影节，最后我们都说到我们已无法生活在城市，我们只喜欢这里……我说在这里所有人都已经彼此认识了一辈子，德国邻居说这里很多人都是亲戚。当时他身旁放着一个纸箱子，里面有一个牛油蛋糕和一个核桃蛋糕，是面包房Maria给他的。德国邻居说我可以都拿走，他说他最近有些胖了。我很高兴地拿了核桃蛋糕，蛋糕上盖着核桃粉和白糖，可能还夹着一层可可粉，我放在一个曲奇罐里，每天早上喝咖啡时从冰箱里拿出来吃一小块，那时我并没有想到这是我享用的最后的Maria的核桃蛋糕了。

我们坐在那里，夕阳很灿烂，有一位邻居过来打招呼，他们用意大利语交谈，我听不懂。德国邻居说她在问他是不是跟女朋友分手了，看着女邻居在短暂的片刻尽情使用了"你好"和"再见"的礼节性抚摸和亲吻，我似乎才想起来德国邻居其实是小村里为数不多的不算是老人的男性。

十六

2022年的德国邻居看着好像比我大一些的样子，其实我到现在也不知道他的年龄。在某些时刻，尤其是他开车时，他的侧面看着像《纸牌屋》里的男主角，这有时会给我一种恍惚的感觉。他是我在托拉古堡认识的唯一的非本地人，我们有很多共同的话题，我们总是在开玩笑，但其实我们更算是刚刚认识。

那些修电脑的日子，德国邻居有时会在黄昏的时候给我发信息，那时我通常坐在屋顶，湖面的远处有一户人家好像总在那个时候放同一部电视剧，剧里的人隐约的交谈声每次听着都一样。有一次德国邻居说：我等下去隔壁村庄，你为什么不跟我一起去转转？那天我们自己住的村庄搞活动，我们这两个异乡人并不知道，最后在突然而至的人群中我们惊慌失措地找到了对方。通常在这样的节日现场，平时那十几个邻居也像游客一样混在人群中，这一次我看见了小卖部的原主人安托尼爷爷，他拿着一把锡纸包着的烤串要给我，当时我在想这一刻的记忆将会永远留在我心中……

我第一次来到了隔壁的村庄。隔壁村庄的村民可能原先也是我们村的，中世纪时大概被人抢了地盘，于是在隔壁又建了一个村庄。这里也有一个小广场，广场上也有教堂、小卖部和酒吧。但我还是喜欢我住的小村的广场。在广场边我们走上了一个山坡，在某个位置可以看到一个湖边的类似露台一样的地方，德国邻居说他一直想让他的朋友在这里表演萨克斯，但是申请了很久也没有动静，这里做什么都很慢。我说：哦，在这里表演真的太合适了！大家可以在上面这个位置看下面的表演，或者可以有一对男女演员表演爱情，他们可以从这里走到那里，在湖边……

德国邻居带我走到某个位置，在那个位置正好可以看见对岸我住了五年的村庄，他还指给我看某一个位置，那也许就是我在屋顶看了很多年但不知道是什么的一个湖边的位置。然后我们回到刚下车时订的餐厅。在小村其实没有吃比萨的地方，小村面包房 Maria 做的比萨是切成一块一块的，也很薄但不一样。我说我想吃比萨，德国邻居就带我来了这家据说比萨很好吃的餐厅。这家餐厅的女主人已经八十多岁了，她的丈夫坐在她身旁显得很悠闲的样子。我说我想拍一张八十多岁还在餐厅厨房做比萨的女主人的照片，德国邻居用意大利语跟她翻译了我的话，女主人说不可以拍她。

我想表达的是，其实每个人都有自己讲故事的风格。Antonella 有一次边开车边说：有一天这里路边出现了一只狐狸，它试图靠近每一辆车的车窗，所以，它是想干吗呢？我一直记得这句话，是因为我喜欢她说这只狐狸时的那句"所以，它是想干吗呢？"；而德国邻居的叙述注重细节，比如他告诉我 Antonella 有时会约他去隔壁村庄喝咖啡，她会在前一天给咖啡馆打电话，关照好要在她喜欢的桌子上放好当天的报纸……这样的叙述对我来说很有意思，原因在于，我知道我和德国邻居之所以住在这里是因为我们想要避免这样"讲究的生活"……

德国邻居在二十年前就决定要过一种没有信用卡没有房贷的生活，他和前妻买下一栋石头房子之后，他把它改建成日式的木头房子。我从未去过他家，我曾很不理解地问他，为什么他的电费一个月才二十多欧元，而我的要一百多？他说因为他使用的电器都是小小的，小小的炉子、小小的热水器……冬天他就去南非。

德国邻居讲的故事都像是电影的碎片，比如，他说那几天住在村口台阶边的雕塑家，经常在自家门口嘲笑那些在夏日高温中攀登着台阶气喘吁吁的游客，他说雕塑家指着那些人说哈哈哈你看看你那傻样子！

修电脑的任务完成之后，德国邻居又多了新的任务，因为我终于决定要搬离欧洲，他得帮我处理我不要的衣服、我留下的行李，他得送我去做上飞机前的检测，最后我还雇了他送我去机场。

搬离这个我住了几年的家并不是一个容易的决定，我打电话给住在瑞士的好朋友严嘉庆，他说欧洲已经不能给我们灵感了，他说的是上海话夹着英语，反正就是这句话让我坚定了搬走的决定。

我们在谈到如何处理我留下的东西时，德国邻居说到他会把不要的有些东西烧掉。他说他有一个炉子用来烧这些东西，有一次他居然烧了一张床垫，以至于对岸村庄的人打电话来问他怎么回事，因为远远看着他家在着火……

上飞机前他打电话给我，说他发现隔壁村庄的检测点不见了。我惊慌地赞美他，他居然会在检测前一天开车去看一下检测点！

后来我们去了罗马，这一次我才知道其实去罗马有一条路是可以完全避免晕车的，只需要付过路费，我惊叹自己知道得太晚了。此时罗马几乎是空的，所有人都去度假了，我带着"是不是留下的都是没有钱去度假的"的想法观察着街上的人……当我们把车停好后，当我们在过第一个红绿灯时，我们聊着天停在了路中央，德国邻居说当他拿着我的两台无法启动的电脑到罗马时，当他下车跨出第一步时，他的一只脚陷在仿佛已被晒化了的马路上，他简直不敢相信热成这样！我说我们为什么不走了，他说，哦，现在是红灯还是绿灯？我笑起来，就像在一部电影里，就像我们已经不太适应过马路了。

我曾想在欧洲住下来我可以做什么，我曾认真地想在红灯区开一个佛教用品商店，但这些年我连绿灯都看不到了。在检测中心，德国邻居边等我边戴着老花眼镜在手机上查周围有没有那种我想吃的炸米团，因为我要走了，不是吗？而且我还建议是不是去稍微看一下罗马。在登记和检测之间，我们去了一个商场的咖啡馆，德国邻居叫了一杯配着冰块和牛奶的咖啡，我第一次去了公共洗手间，并且很高兴洗手间很干净，我很仔细地洗了手。

最后检测中心的前台女士跟德国邻居聊了很久，她笑得很开心，德国邻居说她告诉了他附近哪里有这种我喜欢的炸米团，我记得她笑是因为她觉得德国邻居真好，要给我找这种吃的。德国邻居最后提醒我说，这一位前台小姐跟前一位给我们登记的前台小姐长得很像，就像姐妹。我惊叹道，她们不是同一个人吗？德国邻居说：应该不是，因为前面那一位是不会说英语的，她怎么后来突然英语说得这么好？

他开车带我来到一处旅游景点，我就像生命中第一次看到那么多人，那幢建筑符合我对罗马一贯的印象 —— 既颓废又庄严，而且确实是我没有见过的，他说这是历史上第一次有人用景泰蓝装饰建筑的外部。德国邻居带我来到大门口，那天我们好像不能进去，我拍了一些周围喷泉的视频，我们还进了一个展厅。过了一会儿，我建议可以离开这里了，他要去找有那种我喜欢的炸米团的餐厅。

然后我们就迷路了，我走进一家甜品店，店员是一位印度女孩，我买了安迪的爸爸喜欢当早餐的那种夹着巨大鲜奶油的面包，我在甜品店坐下吃了起来，我没有告诉他其实当时我饿得哆嗦了，而且我也脚疼，我在淘宝上买的那双我去瀑布散步穿的球鞋太小了，但是走瀑布这点路是可以的。德国邻居简直不敢相信我会这样，他开始拍我，我边吃边说你真的不要拍……

之后我们就彻底迷路了。我开始对着马路上每一辆出租车喊，德国邻居说这些车不会载我们的，因为太近了。可我还是在喊，很快有一辆车停下来了，司机留着白色寸头，我把我记录的停车地周围的照片给司机看，他确实想了一会儿才决定载我们。司机开始跟德国邻居交谈，我听不懂他们在说什么，我看见司机拿出自己的手机，他给我们看他手机里的小村广场的喷泉照片，然后很激动地说了一阵子，下车时他对我说：记住，在罗马你永远不会迷路！

后来德国邻居告诉我，司机前几天居然刚刚去过托拉古堡，因为有一位黑手党成员在那里过世了，他是司机所在的出租车公司的老板。接着德国邻居说到葬礼那天有人在村里边走边演奏着黑手党葬礼的音乐，这引起了村民的反感……我记得那一天，那天可能是我最后一次去瀑布散步，我看见了这两个人在演奏音乐，我还挺享受的，我当然不知道这是黑手党成员葬礼的音乐。

我们跳上德国邻居的车，我迫不及待地想立刻回到山里。他说他得在什么地方停下来吃一个冰淇淋。他买了一个小小的冰淇淋，他说

十六

恐怕你得等我一会儿，我说没事你慢慢吃。我注视着这条无名街道上的人们，过了一会儿我说：城市生活真的没什么意思。德国邻居边吃着那盒小小的冰淇淋边说：是的。

我们的车很快就开到无人的大自然里。我再次感叹这里太舒服了，以至于第二天早上我醒来时再次问自己，你确定想搬走吗？要不就先留着这套公寓，就像一贯的那种赌徒心理，我总相信我能掌控所有的事情，哪怕我其实掌控不了……

我和德国邻居在电话里笑我们在罗马找不到停车的地方，他说：那司机问我们是哪里的，他觉得我们是傻瓜！我们还谈到那一次他带我去隔壁村庄吃饭的情景，在餐厅散步去广场的路上，我们碰见过一对从迈阿密回故乡度假的父子，那位父亲跟德国邻居搭话，他们聊了一阵，那位父亲很骄傲自己是在迈阿密开餐厅的，他说他的餐厅叫Ciao……我记得当时暗自赞美德国邻居的放松和耐心，他跟他们聊了一阵，后来我们回忆这个细节时，德国邻居说：我其实认识那个人的兄弟……如果觉得这里无聊为什么要从这么远的地方回来？在美国开餐厅很了不起吗？

在去机场的路上，我们聊到了托拉古堡加入了一个慢旅行项目，参加这个旅行的人会徒步去一些古老的村庄，他们会在村庄停留，面包房Maria会把自己的家让出来给这些游客住，有时德国邻居会被邀请去跟这些游客一起吃饭。我和德国邻居这样的被美丽景色"惯坏了",并且不需要上班的前城里人,和一到夏天满世界度假的人们当然是不一样的。我从未想过我会像德国邻居那样被邀请去跟这些度假的人吃饭,他向我描述了在这些饭局上遇到的城里来的女士们。他说这些人通常会问他很多问题,但其实第二天这些人就会去下一个村庄,他们永远也不会再见到。最后德国邻居感叹,其实参加这些徒步的人通常都是有些心理问题的……

围绕着最后在托拉古堡的日子,我可以写很多很多这样的细节,写得越多越细就越容易给人一种错觉,好像我全都说了,但其实不是的,总有一些是不太能说的。

第

十

七

章

1

以往每年我都会在万圣节做趴体，几乎每次万圣节趴体都是请瑞士的DJ组合CHEESE来上海演出，而且几乎每次都是下雨。今年我要参加别人的趴体，今年上海肯定很热闹，因为上个周末一些大的俱乐部夜店就开始预演万圣节了，走到哪里都是免费化装舞会。每年万圣节最热闹的是Park97和金茂凯悦。上海人很喜欢今朝有酒今朝醉。大家说万圣节是西方鬼节，可以在那天穿成自己想穿的样子，喝酒跳舞到天亮。大家都这么说，所以大家都觉得好玩，所以大家都这么玩了。在上海很多节日和趴体都这样。只要听上去不错，大家就都去了，好像已经等了一百年似的，上海人喜欢享受，懂得抓紧时机秀出自己，在打扮上是十分精雕细刻的。万圣节的上海是个梦的城市。所有参加趴体的人都是非男非女，所有的脸都是梦。每个夜店也都会花尽心思搞一些男鬼女鬼出来，以往，Park97还会找一个长得很古怪的人在那里唱歌剧。

金茂是上海最高最美的楼，所以金茂的万圣节是最超越时空的。万圣节里最开心的就是那些特别的朋友了，因为，他们终于可以秀出自己的万种风情了。

2

每天上午，威尔都在一所学校教英语。

下午，他有时会有私人学生，或在YY'S或那一带的其他酒吧写作。

他的私教学生都是大卫带他去夜总会时认识的女孩，当他们上课时，大多数时间他们只是一起抽烟、听音乐和闲聊。他们谈论电影，《猜火车》《海滩》……

在他的学校里，大部分学生都是来自富裕家庭、准备出国的年轻人。

教这些孩子并不容易，因为有时他们很不合作。

这一天，课堂上非常嘈杂，大家有些疲惫和无聊，威尔宣布下课。

当所有学生都离开后，威尔坐在一张长凳上，感叹着，终于下课了。

他走到教学用的唱机前，他从自己的宝物中拿出一张CD，选择了自己想听的歌，带着几分享受和愉悦又坐了下来。

音乐开始了，是琼·贝兹演唱的《著名的蓝色雨衣》。
威尔带着几分快乐听着这首忧伤的歌，天空似乎一下子变得灰蒙蒙的，那种上海特有的灰色。

他突然发现有一位长相甜美而倔强的女孩并没有离开教室，她似乎刚刚摆脱她艰难的青春期，但离成熟还很遥远，她跟这个世界上任何地方的女孩都不一样，就像香海，她听着音乐，在教室里走了几圈，然后站在窗前，似乎也在听歌，她的眼神去到了很远的地方，对威尔完全没有兴趣。

3

可以设想一个类似于电影《卡萨布兰卡》那样的地方，但是是在亚
洲。那部电影里大家都在找的通行证，在这里可以是类似那种通向
"非常好的死亡"的通行证。

这个地方小小的，有着小巷的幽暗曲折，也有着广场正午的辉煌。
这里的一切都围绕着一座古代的巨型塔而展开，塔高三十八米，周
长一百米，三层八角形平台，从任何一个方向看，都能看到一双巨
大的眼睛俯视着世界 …… 来自世界各地的人在这里顺时针转塔，
有的穿着拖鞋，有的坐着直升机到来，有的活着，有的已经死了。
生者和亡人，准备死亡和重生，各种情况好像在这里更容易被同时
看见似的。飞机、乌鸦、麻雀、鸽子、蝙蝠、狗、猴子的声音，和
各种音调各种风格的唱诵声，在这里总是同时在一起。

正午在这里是漫长的，有着玻璃的地方到处都在反光。

任何震撼世界的事情到了这里都变成是次要的、很遥远的事情。

在咖啡馆，正午的窗帘飘动，窗外的巨型塔时隐时现。

我们看到一个没有上半身的人，和一个没有下半身的人，费劲地移动着，最终面对面坐起来。

嗨，天才！

哦，听你这么说，有点不适应……

表达的时刻到了……

这里就像是从生到死、从死到生的机场，既宁静又激烈；也像是一个二十四小时沉浸式电影片场，每个人看到了各自可以看到的那一部分；这里还是世界上最好的时装秀场，但是没有什么价值评判，除了一种庆祝的概念。这里一年有两百多个节日，有各种时间的新年庆祝，也有动物的节日，到了狗的节日，街上的流浪狗很多都戴上了花环。

此时对于一些人来说正是新年，塔周围的酒店里住满了来这里转塔过新年的外省人。塔外围的街上车水马龙，我们的女主人公刚到这里时，常常站在马路上发呆，这里没有红绿灯，有很长一段时间她无法正常过马路，这让她想到邵洵美有一次边笑边跟二太太项美丽描述大太太盛佩玉终于第一次自己过马路的情形，女主人公不理解盛佩玉怎么不会在上海过马路呢，现在站在马路上发呆时她终于明白，也许当年的上海就像此时的这个地方……

此时正是新年，虽然不是女主人公的新年，但是她戴上了艺术家 Emily Avery Crow 设计的满愿之眼耳钉，穿上了再造衣银行张娜设计的金色连衣裙，廖晓玲的目录羊绒披肩，在向这座古代巨型塔供奉了鲜花和 Anjana 的香，顺时针绕行后，她去了一个伤心艺术家见面会。

她猜想这些伤心艺术家应该都是年轻人。她确实已经不再伤心了，当然她也不怎么看剧和电影了（这些天她倒是在看 Colin Farrell 演的 *Sugar*，就像在欣赏一位前男友），倒不是不尊重这些创作，而是她真的有更重要的事情要做。她甚至也不再尊重她喜欢过的电影节了，她觉得那些电影节已经走到了电影的反面。她的香海好朋友 Casper 说现在已经没什么人希望通过电影改变自己了（曾经在香海她的朋友们人人都想拍电影），现在人们需要奇迹！

这个见面会有点像她以前参加过的匿名酗酒者见面会，匿名酗酒者见面会有固定的规则，著名的十二个步骤和十二个传统，大家在遵循规则的同时尽可能坦诚，每次见面会的最后大家都会拥抱在一起说：让我们各自心中的 god（比我们本身更大的力量），接受我们能做到的，也接受我们不能做到的……

这个古塔边上的伤心艺术家见面会没有类似的规则。今天这里来了一位年轻的图库，他笑起来很好看，他很柔和，嗓音明亮，他会说一些指导性的话，那些话虽然这些伤心艺术家都听到过，但此时由他说出来就让人很有信心……

图库：现在，大家通常会把"静坐"商业化，他们把"静坐"处理得就像是身体按摩，为了解决焦虑、忧郁，然而"静坐"并不是为了解决这些问题……"静坐"的目的是为了让我们关注我们的内心……观察快乐的本质，而不被快乐打扰。

在这一对一交谈的仪式中，大家都贡献了新鲜度与灵活性，今天这里有一些伤心的年轻女孩，但是渐渐地，伤心就像是这些女孩戴着的宝石头饰……

女主人公是来看她的朋友的，她的朋友是一个眼睛很大笑起来很天真的女孩，女主人公听不清楚她穿过各种嘈杂的声音在跟老师说什么，因为就像大卫·林奇的电影那样，此时突然冲进来一堆吵闹的穿着黄色运动服的说着荷兰语的高中生……

女主人公突然暗自感叹，其实在这个地方，作为很有魅力的图库，或者伤心或者不伤心的来自外部世界的女性，大家同样都是不容易的，那些来这里的女性往往都受尽了生活的折磨，而这个地方就像是宇宙的中心，极有能量。

这时，笑起来很有魅力的图库问女主人公她的大眼睛朋友是学什么艺术的？
女主人公回答说：概念艺术。

图库想了一下，在手机里翻出一张照片，那是在高空的云中拍摄的一排雪山山峰，图库说：也许你可以做这样的艺术……

大眼睛女孩不知道什么时候开始流眼泪，图库轻轻地说：有时我也会恐惧，你需要调整的，是对恐惧的反应……

在女主人公付账的时候，天空开始下雨，她望见图库用自己的头靠了靠女孩的头，这温柔的神奇的动作，在女主人公看来，成为了那种永恒的"改变你的那些时刻"……

女主人公陷入了沉思，她想起自己的女儿，是的，她有一个女儿，她刚刚坐上回伦敦的飞机，她是学金融的，如今在伦敦一家很好的公司工作，她很喜欢她的工作，但是据她说她的同事"非常没有意思"，女主人公此时回忆着女儿那似乎长大了又似乎没有长大的好奇

十七

的脸，那双似乎长大了又似乎没有长大的小小的手，握着印有巴斯基亚的帆布包，欲言又止的样子仿佛在说：难道生活就是这一切吗？

黄昏的时候，这座巨型古塔又多了些温柔的神秘的美，多了些各种各样的人，穿着各种各样的衣服，女主人公居然看见有一个人背着一个冰箱在转塔 …… 那些小巷的空中飘荡着盲人乞讨者唱卡拉OK的歌声，那些歌声听上去是走调的，但女主人公觉得这歌声听着真的很"当代"。她看见那位盲人男子依然抱着膝盖坐在那里，他不唱卡拉OK，他总是戴着一副墨镜，低着头，若有所思的样子（其实只是因为他的眼睛看不见），他的前面放着一些指甲钳和棉签，有人买这些或者没有人买这些，反正每天他都是那样坐在那里。他的妻子也是一位盲人，他们有两个女儿，大女儿好像故意要让自己看上去更成熟一点，小女儿有时会跟爸爸描述那些给他们钱的路人是怎样的 …… 女主人公这些日子还发现了一对情侣乞讨者，他们俩总是坐在一起，各自面前放着乞讨的小摊，他们总是在调情的样子，尤其是那位女士的眼神，后来女人公发现其实那位女士的一只眼睛应该是有问题的 ……

各种技术性的误解普遍地存在于女主人公和当地人之间，好像一切都是模糊的（尤其是数字），同时也是安全的。有时女主人公也会觉得，当地人内心并不幸福，他们也想得很多，盘算着各种事情，只是如果生活在这里，所有很日常的经验都得重新学习。这里各种政治混合，充满活力，就像是一个被精心设计过的宇宙的中心，这个说法的意思是，各种激发记忆和灵感的事情会在这里随时出现。

有一些新年的祈祷正在塔边上进行，女主人公在一个活动上观察到一位神秘的保镖，说他神秘是因为他的肤色不像是本地人，他很白，微卷的黑头发，戴着全黑的墨镜，穿着考究的西装，跟周围的保镖很不一样，尽管他们都戴着墨镜，都穿着西装，女主人公发现他在四处观察的同时，嘴里也在背诵祈祷文……

女主人公凝视着这位男子，就像在看自己的前世。他是一位年轻人，看上去敏感而慷慨，但也有着一些古老的东西。当焦点对准女主人公时，我们可以看到她的脸带着不可捉摸的不确定性，并且有时会做出超乎常人的意外举措。在抬头和低眉之间，她的眼神时而倦怠，时而忧愁，时而纯真，时而冷酷，时而散漫，在喧闹的塔边独立独行，她似乎听不到任何人在说话。

OK，我们的男主人公到了，他可以是一位中年白人演员，身体很大，看上去很不协调，像一个巨大的怪物。他也可以很年轻，穿着精致的中西结合的呢子外套，但是仔细看的话，可以看见外套里纱布包裹着的透着血的很深的伤口……总之无论是谁，当他的脸转动到某一角度时，那标志性微笑，从那个角度看依然很上镜。
此时看着他的脸就像重温旧伤，让人想起他演过的那些电影里的情感，那些电影里总是有很多他的面部表情特写，很多的停留，和那些永无止境的，有关内在意义的反思（并且迷失在无限分类中），他的危险和脆弱，他的缠绵悱恻……

他是第一次到这个地方，也是第一次见女主人公。就像去所有第一次去的地方那样，他很快找到了如何在当地买到酒的方法，那种二十四小时都可以买到酒的方法，尽管他不喝酒。女主人公看到他跟一位当地的地陪站在塔边，手里拿着一瓶小小的Orgyen Cafe牌矿泉水 —— 它必须是小而精致的，那种样子让女主人公判断他是不喝酒的，或者说他在戒酒，因为女主人公也曾经是那样。

女主人公建议他们先绕塔，她也没有解释为什么要像当地人那样绕塔。转了一会儿，男主人公的地陪先走了，接下来，他俩边绕塔边开始就着对彼此的感觉，开门见山地聊了起来。他们都有着迷人的嗓音，女主人公的英语似乎不太好，好像他们的谈话经常会出现一些误会。

……
女：全球化结束了。
男：全球化只是一个酒的牌子而已。

男：让别人来面对这些吧！

女：我说的是，我们需要花一些时间去总结我们的过去 ……

男：我会在报纸上看跟我感兴趣的主题有关的内容。我早上起来会看公元3世纪罗马哲学，在上帝出现以前 …… 我会这样来开始我的一天，接下来像一个男人一样地行动。互相看艺术博客又能怎样呢？一些奇怪的人对着电脑，并没有真正的生活 …… 现在你回头看安迪·沃霍尔，你怎么看他的作品？

女：对我来说，我看安迪·沃霍尔，我就是会想到杜尚，杜尚是一个很棒的人，对艺术家很公平 ……

接着男主人公开始介绍了杜尚的生平，尤其说了杜尚有段时间跟艺术没什么关系，并且代表法国参加了奥林匹克围棋比赛，他说杜尚就是这种人，但是这种人却这么有文化 …… 然后又说到杜尚的爸爸有自己的产业，所以他爸爸总是给他钱，后来杜尚去了纽约，那些有钱人的可爱的女儿都很喜欢他，这是杜尚，然后有了沃霍尔，然后有很多艺术家得到了灵感，这就像有些人很有个性，并且得到了一些启发，假假地写一些东西，然后觉得自己是很棒的作家，法克 ……

女：你不觉得，总体上，我们说得太多了吗？
男：我们谈了关于翻译和交流的问题，沟通是一件很难的事情，没有一种全球性的语言，或者说要不要用语言来作为交流的载体。我们谈到了爱，你说爱就是金钱。

女：我没有说爱就是金钱，我可没那么说。
男：你就是这么说的。

男：所以你刚才是在说金钱（Money），还是操纵（Manipulation）？
女：你误解我了，我说金钱（Money）的时候，你想成了操纵（Manipulation）。

女：当我说"爱和金钱以及性这些都一样"时，接下来我说了"它们都在一些很关键的地点，给我们看到一些很关键的东西"。

男：如果一个世界上最丑的人在我面前，我会对他说什么？我会说，"你看起来很好！"
女：你会那么说？天哪！这真吓人，你怎么看我的呢？你为什么那么做呢？你只是想要保持礼貌，还是想告诉那个人你没有被对方的丑给吓到？

男：你知道我刚才做了什么吗？我试了点新玩意儿，我在说谎话。
女：你对我说谎话？
男：是的。

女：你这样做了多少次了？

男：我试了两次。

女：你对我说了两次谎话？你居然能记得两次这个数字。

男：因为我是故意那么做的，因为在一些特定时刻人们很难分辨别人是不是在说谎，往往都是事后才意识到的。我想这就是"操控"的所有含义，也是操控者应该做的。

女：但是你为什么这么做？

男：为了······探讨爱。

女：我感觉我们就像在一个电影拍摄现场，好吧，继续吧，很好。

男：那你有没有一种操控你的读者的手法？

女：没有。但是我确实会控制我的宣传，只给别人看我想成为的那部分。

男：你说的宣传是什么意思？宣传你的生活？

女：你觉得你有足够的智慧来对付我的无知吗？

男：不，我也不够智慧。

男：也许有什么成功的秘诀、配方？你喜欢成功吗？

女：我想尽可能地自由，我不想被大部分人靠得太近。这不好，但这就是我的风格。你又觉得我要道歉了。也许以后我不会再介意这点，但是现在，以及过去，我就是这样的，如果要问我作为公众人物的推广……

男：你用"推广"这个词也非常有意思。我从来没想过人类可以被推广。你知道你不是一个推广者。

女：也许推广不是一个合适的词，那么你会用什么词呢？

男：不知道，我也不会说市场……

女：我表达的不是市场。你觉得这是一种市场语言，但是我不觉得。我们的谈话真的很有意思。我也不去商业性的公共场所，不像你，但是我推广我自己，和我的生活方式，用我喜欢的方式。

男：也许我们对于市场、推广、宣传这些特殊话题的定义有一些轻微的争议，但是在越来越奇怪的机械化市场角色里，一些复杂的话题被极度简化……

女：绝对是这样的，但那不是我，我只是虚荣而已。

男：可是你应该写你自己不是吗？你今天的页面依然是空白的不是吗？

女：我也想跟你说同样的话不是吗？所以什么是写自己呢？

男：就是写你自己，不需要修改，写你自己的从前，来理解你自己。

女：你刚才说你对我说了两次谎话。

男：对，但那是为了诱惑你。

女：诱惑我？在哪个层面？

男：这只是一种跟你谈话的方式。

男：转塔令我平静，问题仍然在循环，对你来说什么是最重要的事情？

女：对你来说呢？

男：对我来说，是和你一起转塔。

他们就这样边聊边绕塔，空气中弥漫着浓郁的熏香，偶尔也会闻到狗屎的味道，垃圾的味道，和突然而至的花香。

他们来到了Nani's Kitchen，因为不喝酒，他们直接就点了比萨，好像没什么心情点本地菜。露台正对着巨型塔，在极少的时刻，有时会有猴子爬过来。

坐下来时，女主人公观察到男主人公的庞大的黑色外套里面的，一些难以言说的复杂性。他们各自研究着这里的酒单。他们见面是因为他们正好都在这座城市，而不久前他们的一位共同的朋友过世了，一位年轻的艺术家。这样的见面是十分困难的，他们都不知道该如何对此展开谈话。女主人公还得一直习惯性思考，喝或者不喝，此时她想到曾读到过的八卦，那些有关男主人公如何因飞机延误而在候机室喝多了惹是生非的事件。

女：最近我在想写一个退休妓女的日记，大疫情期间她被困在了欧洲，每天边听新闻边回顾自己的一生，就像一叶小舟漂浮在无人的大海中央 ……
男：这些日子她们没有生意做 …… 也许你写的不是一个退休的妓女，而是一个年轻的受过很好的教育的天真的女孩做不到生意 ……

女（就像一个像在吹牛的香海人那样）：哦，你知道吗？我曾经想过在中国重拍《巴黎最后的探戈》……
男：哦，我向你保证我的手会插进去。

女（有些着急地）：此时我在想，在过去的那些天真的夜晚加一条线，那些来上海的西方游客，深夜回到自己的酒店，其实怎么也高兴不起来，就像帕索里尼的电影 …… 那一切都跟消费有关，它从来都跟性无关，就像一切都跟性有关，只有性本身跟性无关 ……

开始吃比萨的时候，女主人公开始问起了他们过世的那位朋友的恋人和亲人是否都OK …… 男主人公一一回答了大家的情况，每一位他都说哦挺好的怎样怎样 ……

在所有的问题都问完以后，他突然补充了一句，像是终于开始真实和严肃，他看着女主人公说：没有人是OK的！

最后，女主人公终于决定"带着觉知喝一杯"，他们去了几个地方挑选喝一杯的露台，有的他们不喜欢其他桌的人的样子，有的他们不喜欢露台的样子，最后他们来到了Road House Cafe，他们来到餐厅的沙发上坐下，她发现正对着他们居然有一个音色很好的小音响，音响里居然放着Garbage翻唱的*Song to the siren*！她想起那些在她香海的家的跳舞趴体，她经常在早上放这首曲子，她家里有一个竹编的篮子里面放满了太阳镜，到早上时她就给大家发太阳镜。此时她想起那些听Jeff Buckley、Tim Buckley并且为男孩们彻夜浪费时间的年代……

为什么她觉得这个地方是宇宙中心，原因之一是这里超越了时间的线性设置。她开始跳舞，边唱边跳到窗边，就像在回望她在香海的日子，她望了望巨塔的大眼睛，又望了望转塔的人们，这个时候她看见一位年轻人，他正以经验丰富的优雅姿态穿梭于神圣的环绕之中，他略微仰着头"瞥视"着周围，俊美而善良的面容宛若满月……

此时的月亮开始意味深长，在惊叹居然周围没人认出这位天外来客的同时，女主人公反应过来其实大家都认出了大家，只是谁都不会去打扰谁，好像瞬间所有人都反射着月亮的光芒，她发现有些人开始跟着YS一起转塔，她还看到了她的房东站在某个咖啡馆门口，她想他肯定也认出了这位天外来客……

男：这里的居民们在夜色中优雅地穿梭，他们的举动反映了这个世界在进步与保护的交织中的不安。各种吟唱的回声与发电机的嗡嗡声交织在一起，当月亮划过天空，我们的叙述将如梦境般展开，模糊了神秘与技术之间的界限，在这万花筒般的景象中，这座古代巨塔成了一个超现实的剧场，人类的精神在这里与变革的力量混合，传统在即将到来的蜕变面前成了一件脆弱的工艺品。

女：庄严不会成为工艺品！这里有很多的矛盾和悖论。这是一座永恒的大家的城市！

男主人公坐在不远处的沙发上，手里依然拿着瓶小而精致的能够找到的最好的矿泉水，Orgyen Cafe牌矿泉水……

男：就像卡尔维诺在《马克瓦尔多》里说的，猫的城市和人类的城市是一个包含着另一个的，但它们并不是同一个城市，只有极少的猫还记得那段两个城市之间没有差别的岁月，那时候，人类的街道和广场也是猫的街道和广场，草地、庭院、阳台、泉池也都是共享的，那时候大家都生活在一种宽阔而多样的空间中……

女：好的城市，应当如此。

图书在版编目（CIP）数据

来自香海的女人 / 棉棉著 . -- 北京：作家出版社，
2024. 12 -- ISBN 978-7-5212-3018-5

Ⅰ . I247.5

中国国家版本馆 CIP 数据核字第 2024MC7509 号

来自香海的女人

作　　者：棉　棉
责任编辑：宋辰辰
装帧设计：小贾设计
版式设计：意匠文化・丁奔亮
封一摄影：刘　星
封二摄影：庄　杰
作者像摄影：刘一青
封一鲜花提供：野兽派
出版发行：作家出版社有限公司
社　　址：北京农展馆南里 10 号　　邮　　编：100125
电话传真：86-10-65067186（发行中心）
　　　　　 86-10-65004079（总编室）
E-mail:zuojia@zuojia.net.cn
http://www.zuojiachubanshe.com
印　　刷：北京博海升彩色印刷有限公司
成品尺寸：140×210
字　　数：184 千
印　　张：8.625
版　　次：2024 年 12 月第 1 版
印　　次：2024 年 12 月第 1 次印刷
ISBN　978-7-5212-3018-5
定　　价：58. 00 元